逆天魔神

역천마신

이민섭 新무협 판타지 소설

FANTASTIC ORIENTAL HEROES

역천마신 5

이민섭 新무협 판타지 소설

초판 1쇄 찍은 날 § 2016년 4월 4일
초판 1쇄 펴낸 날 § 2016년 4월 11일

지은이 § 이민섭
펴낸이 § 서경석

편집책임 § 김현미

펴낸곳 § 도서출판 청어람
등록번호 § 제387-1999-000006호
등록일자 § 1999. 5. 31
어람번호 § 제2-2655호

주소 § 경기도 부천시 원미구 부일로 483번길 40 서경B/D 3F (우) 14640
전화 § 032-656-4452 팩스 § 032-656-4453
http://www.chungeoram.com
E-mail § chungeorambook@daum.net

ISBN 979-11-04-90729-6 04810
ISBN 979-11-04-90566-7 (세트)

逆天魔神

역천마신

5

이민섭 新무협 판타지 소설

FANTASTIC ORIENTAL HEROES

도서출판 청어람

역천마신
逆天魔神

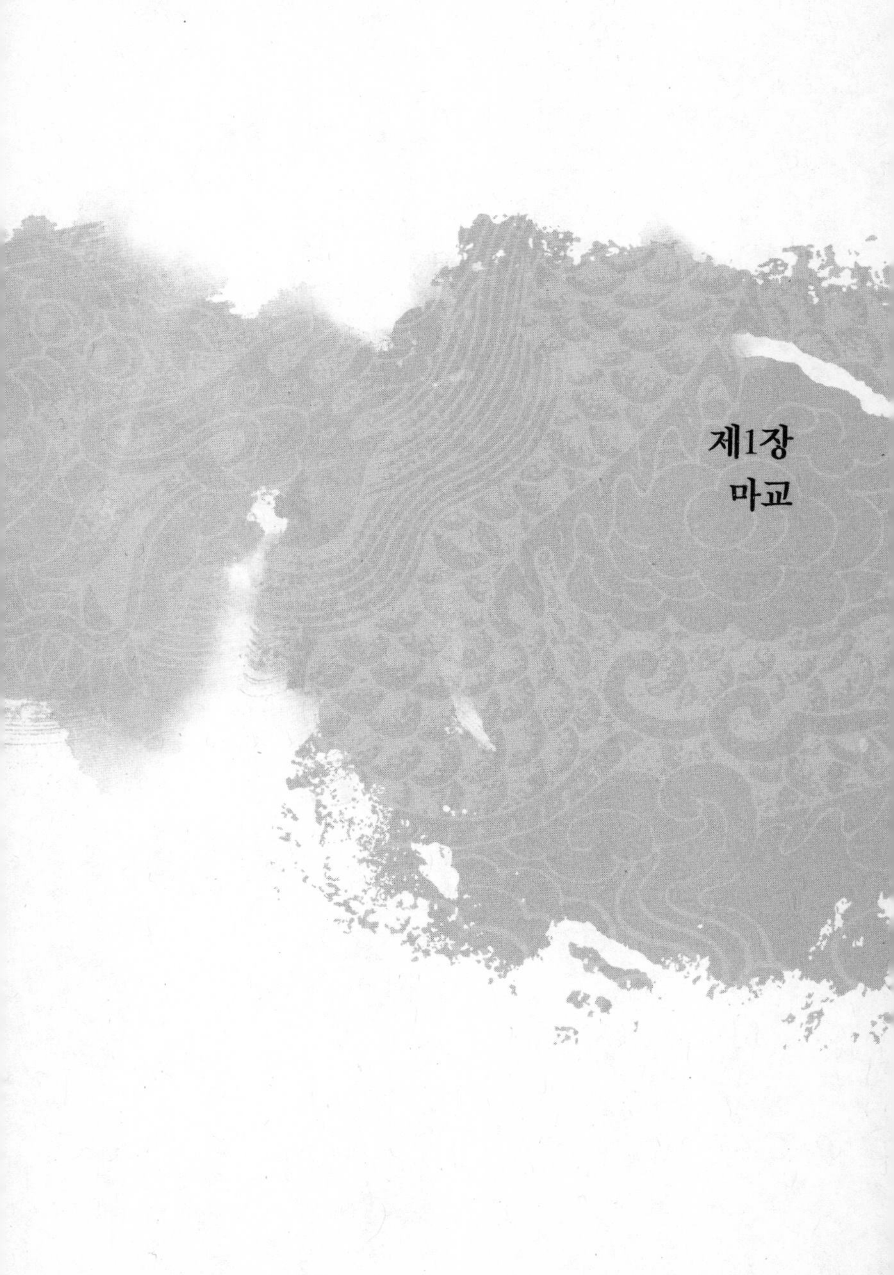

제1장
마교

무너진 벽에 묻힌 마본천녀가 몸을 일으켰다.

호신강기로 방어를 했음에도 불구하고 약간의 내상과 외상을 입어 피를 흘리고 있었다.

몸을 일으킨 마본천녀가 진천을 노려보는 순간이었다.

푸웃!!

"꺄악!"

그녀의 몸에서 피가 뿜어져 나왔다. 피에 스며든 진천의 진기가 폭발한 것이다. 상처가 벌어지며 더 큰 내상을 입게 되었다.

마본천녀는 예상치 못한 타격에 얼굴을 일그러뜨렸다. 그에 반해 진천은 너무나도 여유로웠다.

"혈마강기……!"

마본천녀는 그 이름을 입에 담았다. 마교 역사상 초대 천마지존을 제외하고는 혈마지체를 완성한 자는 없었다.

그가 혈마강기를 쓴다는 보고를 받았을 때는 그저 그와 비슷한 무공을 습득했거나 사술을 펼치는 줄 알았지만 눈앞에 있는 혈마강기는 진짜배기였다.

마본천녀는 진천의 눈빛에서 섬뜩함을 느꼈다. 차갑게 가라앉은 눈빛은 마치 천마지존을 보는 것 같았다. 자신 따위는 아무렇지도 않게 찢어발길 것 같은 압박감을 느꼈다.

하지만 그녀는 마본천녀였다. 천마지존의 본처이자 마교의 안주인이었다. 그녀의 무공 실력 역시 교내 십위 안에 드는 강자였다.

진천은 신중한 표정으로 진기를 끌어 올리는 마본천녀를 보며 웃었다.

"마교에서 가장 마음에 드는 건 강자지존의 법칙이야."

진천은 너무나 여유로운 표정이었다. 마본천녀를 전혀 신경쓰고 있지 않고 있었다.

마본천녀는 그 모습에서 지금까지 겪어 보지 못했던 최대의 치욕을 맛보고 있었다.

"복잡하게 생각할 것도 없으니 좋군."

"네놈……!"

"그저 널 꺾기만 해도 네 세력의 모든 것을 가질 수 있다는 말이니 말이야."

"혈마지체가 되었다고는 하나 아직 완전하지는 못할 터!"

마본천녀는 본신내력을 전부 끌어 올렸다.

마본천녀는 완숙한 현경의 끝자락에 위치해 있었다. 하나 현경을 돌파하기란 힘들 것이다.

마본천녀의 그릇은 거기까지였다. 막대한 음기로 쌓아놓은 그녀의 내공은 애초부터 균형이 맞지 않았다. 현경의 끝자락까지 온 것도 대단한 것이었다.

마본천녀가 먼저 달려들었다. 확실히 그녀의 무공은 상당히 뛰어났다. 무림맹에 있다고 하더라도 무림맹주를 제외하면 누구도 쉽게 상대할 수 없을 것이다.

마본천녀는 그녀의 천음마공(天陰魔功)을 극성으로 펼쳤다. 북해빙궁의 자랑인 무공보다 훨씬 강력한 냉기가 뿜어져 나왔다.

그녀의 손에는 냉기로 이루어진 수강이 서려 있었다. 천음마공을 바탕으로 펼쳐지는 옥마수(玉魔手)는 상대의 강기마저 얼려 버린다는 대단한 무공이었다. 마본천녀는 혈마강기 또한 그러리라 여겼다.

마본천녀의 수강이 진천의 지척에 달하는 순간이었다. 진천의 주먹이 마본천녀의 수강과 맞닿았다.

콰아앙!

바닥에 균열이 일며 마본천녀가 뒤로 밀려났다.

마본천녀의 수강이 단번에 깨지며 그녀의 입에서 피가 흘러나왔다.

그녀는 자신의 입에서 흐르는 피를 본 순간 재빨리 자신의 혈을 짚었다.

"크읏!"

내상이 더욱 깊어지며 그녀의 입에서 신음이 새어 나왔다.

진천의 신형이 사라졌다. 마본천녀가 몸의 균형을 잡기도 전에 그녀의 코앞에 도달했다. 혈마강기로 이루어진 권강이 그녀의 호신강기를 후려쳤다.

"커헉!"

그녀의 몸이 뒤로 밀려나는 순간 진천의 주먹이 그녀의 복부를 후려쳤다.

그녀의 몸이 위로 떠오르자 진천의 주먹이 마본천녀의 얼굴을 후려쳤다.

"꺄악!!"

마본천녀가 바닥에 패대기쳐지며 뒤로 쭈욱 밀려났다. 현경에 이른 경지는 헛것이 아닌지 공중에서 발을 박차며 바닥에 착지했다.

혈마강기에 당한 것치고는 상처가 많지는 않았다. 호신강기가 깨지긴 했지만 막강한 내공으로 몸을 보호한 것이었다.

수라역천신공으로 혈마강기를 운용했다면 마본천녀는 일어나지 못했을 것이다.

혈마강기의 파괴력에 수라역천신공의 혼기까지 더한다면 그 결과는 어마어마할 것이 분명했다. 죽여서는 안 되었기에 아직까지 시도해 본 적은 없었지만 말이다.

내상을 입어 진기가 흐트러지는 바람에 마본천녀의 본래 모습이 드러났다.

진천의 또래로 보였던 모습은 사라지고 잔주름이 있는 중년의 여인이 진천을 노려보고 있었다.

현경을 넘어선다면 지금의 모습을 극복할 수 있겠지만 현경을 넘지 못한 지금은 그저 음공으로 강제적으로 젊음을 유지하고 있었다. 분명 정상적인 토납법이 아닐 것이다.

'살아 있는 여인의 내기를 흡수했겠지.'

과거의 늙은 청월루주가 사용했던 수법과 유사했지만 그 묘리가 더욱 깊어 보였다. 역시 마교는 마교였다.

진천이 피식 웃으며 마본천녀를 바라보자 그녀는 얼굴을 일그러뜨렸다.

마본천녀는 보법을 밟으며 뒤로 물러났다.

혈마강기의 특성상 좁은 지형에서는 자신이 불리하다고 판단한 것인지 창문 밖으로 몸을 날렸다.

진천은 잠시 그녀를 바라보다가 천천히 마본천녀가 간 곳으로 향했다.

마본천녀와는 다르게 진천은 너무나 여유로웠다.

넓은 연무장에 마본천녀가 우뚝 서서 진천을 노려보고 있었다. 연무장 밖에는 그녀의 수하들이 살기를 뿜어내고 있었는데 진천은 신경조차 쓰지 않고 천천히 연무장 안으로 들어갔다.

진천을 확실히 제거하려는 목적이 분명했다. 그의 하나뿐인 아들을 소교주로 만들기 위함이었다.

정당한 결투 중에 수하를 대동하는 것은 마교의 법칙에도 어긋난 것이지만 마본천녀는 독하게 마음먹고 있었다.

"네놈의 자만을 후회하게 될 것이다!"

마본천녀의 목소리가 울려 퍼졌다. 그러자 마본천녀의 수하들이 진천의 주변을 둘러싸며 진형을 갖추었다.

정확히 말하자면 마본천녀의 제자들이었다. 마본천녀는 그녀들을 십마화(十魔花)라 불렀다. 십마화 위에는 월영쌍희가 있었지만 월영쌍희는 이미 진천의 수족이 된 지 오래였다.

진천은 탐욕스러운 눈으로 십마화를 바라보았다. 그것은 그녀들의 육체나 미모에 혹한 것이 아니었다. 물론 대단히 뛰어난 미색을 자랑하기는 했으나 진천이 알고 있는 황보미윤이 나 다른 여인들에 비할 바는 아니었다.

진천이 십마화를 탐낸 까닭은 월영쌍희와 더불어 십마화를 운용하고 싶어서였다. 진천의 그런 눈빛을 읽었는지 마본천녀의 안색이 급격히 나빠졌다.

"이 정도면 충분한가? 수하들을 더 부르고 싶다면 불러라. 기다려 주지."

진천의 말에 마본천녀의 자존심이 박살 났다. 결투에 제자들을 끌어들인 것도 수치스러운데 저런 말을 들으니 마교에 몸담은 여인으로서 도저히 견딜 수 없었다.

하지만 마본천녀는 평정심을 유지하려 애썼다. 진천만 제거된다면 그녀의 아들이 후계자가 될 것이기 때문이었다.

사후 처리가 문제이긴 하지만 적당히 둘러댄다면 교주의 눈을 속일 수 있으리라 생각했다.

"오만방자하구나!"

마본천녀는 십마화가 형성한 진법에 가세했다. 스승과 제자로 이어진 유대답게 하나처럼 움직이며 진천을 압박해 왔다.

마본천녀와 십마화가 내뿜는 내력이 진천을 찍어 누르기 시작했다. 막대한 음기로 이루어져 있는 내력은 연무장을 얼리며 진천의 호신강기를 파훼하려 했다.

마본천녀와 십마화의 신형이 쉴 새 없이 오가며 진천의 눈을 어지럽혔다.

파아앗!

수십 다발의 강기가 뿜어져 왔다. 음기가 진천의 움직임을 옭아매었고 강기 다발이 진천의 목숨을 끊어버리기 위해 다가오고 있었다.

진천은 내력을 일으키며 진각을 밟았다.

콰아아아앙!

막대한 내력이 바닥으로 스며들더니 균열이 가기 시작했다. 그것이 끝이 아니었다. 갈라진 균열에서 막대한 혈마강기가 치솟았다.

"꺄아악!"

"꺄악!"

한순간에 진법이 붕괴되었다. 십마화는 진천의 움직임을 감지조차 할 수 없었다. 진천의 보법은 마치 내리치는 벼락을 보는 것 같았다.

순식간에 뻗어나가 십마화 중에 가장 뛰어난 일화(一花)의 앞에 나타났다.

진천의 주먹에 얻어맞은 일화는 호신강기가 박살 나며 그대로 튕겨 나가 벽에 처박혔다. 손속에 사정을 두어 혈마강기에 의해 폭사되지는 않았지만 오늘 안에는 깨어날 수 없을 것이다.

일화가 반항조차 하지 못하며 당해 버리자 다른 십마화들이 주춤거렸다.

"물러나지 마라!"

마본천녀의 말이 들려왔지만 그녀 역시 뒤로 물러나 있기 때문에 십마화에게 닿지 않았다.

"기회를 주지."

진천이 십마화를 보며 입을 떼었다.

"나에게 복종할 자는 내 뒤로 빠져라."

진천의 말에는 강력한 내력이 깃들어 있었다. 마치 천마지존을 보는 것 같은 모습에 십마화가 흔들렸다.

이미 마본천녀의 비겁한 모습을 본 십마화였다. 여인의 몸이기는 하지만 그녀들 역시 마교인답게 무를 숭배하고 있었다. 강한 자를 따르는 것을 당연하게 여기고 있는 것이다.

강자지존 앞에 스승과 부모는 존재하지 않았다. 그것이 마교의 법도였다.

진천은 당장 써먹을 수 있는 전력을 원했다.

십마화를 모두 제압할 수는 있으나 상당한 부상을 입혀야 했기에 그런 말을 내뱉은 것이다.

마본천녀의 수하들은 상당히 많았지만 주요 전력은 십마화라 봐도 무방했다.

"갈!"

마본천녀는 흔들리는 십마화를 보며 사자후를 내뱉었다.

"감히 네년들이 스승을 배반할 마음을 품는단 말이냐!"

"아직 상황 파악을 못 하는군. 마교의 법도를 어긴 수장을 누가 따르겠나? 지금 당장 죽여야 하나 내 밑에서 죗값을 받을 기회를 준다는 말이다."

"내 제자들이 네놈의 말에 따를 것 같느냐!"

"마교의 법은 따라야겠지."

십마화는 고민하기 시작했다.

월영쌍희의 부재 역시 컸다. 월영쌍희가 진천을 따르고 있으니 그 이유가 분명히 존재하리라 생각했다. 게다가 마본천녀는 자신들의 내공을 지속적으로 빼앗아왔다.

음기를 취하는 방식은 여인의 몸으로 감당하기에는 대단히 치욕스러웠다. 제자이기는 하나 단지 필요에 의해 무공의 일부를 전수받았을 뿐이기에 감정적인 유대 관계는 없었다.

"감히 나를 배반하다니! 네년들을 용서하지 않겠다!"

십마화는 진정한 강자를 알아보기 시작했다.

진천이 주먹을 들어 올리자 십마화는 움찔거리며 더 이상 진법을 형성하지 않았다. 아직 진천의 뒤로 온 십마화는 없었지만 이제 곧 생각이 바뀔 것이다.

"꺄악!"

진천의 주먹이 마본천녀의 얼굴을 후려쳤다. 혈마강기 앞에 마본천녀의 호신강기는 무력했다. 딱히 수라권법의 묘리를 섞지 않았음에도 마본천녀는 진천의 공격을 막아낼 수 없었다.

마본천녀는 막대한 내공으로 상대를 제압하는 것을 주무기로 삼고 있었다.

하지만 자신보다 많은 내공을 가진 진천에게는 그 점이 하나도 통하지 않으니 진천의 주먹 앞에 무력할 수밖에 없었다.

자신보다 경지가 높은 이에게는 통하지 않는 다는 것, 그것이 그녀가 마교의 안주인이기는 하지만 마교의 고수들에게 정식으로 인정받을 수 없는 이유 중 하나였다.

그녀는 그저 교주의 아기를 생산한 한 파벌에 지나지 않았다.

"일단 맞자."

"뭐? 어억!"

진천의 주먹이 잔상을 그리며 마본천녀에게 꽂혀 들어갔다. 전신을 타격해 마본천녀의 의복이 너덜너덜해졌지만 진천은 멈추지 않았다.

"그, 그만, 꺄아아아악!"

진천의 주먹으로 인해 마본천녀의 몸이 공중에 뜬 채로 펄럭였다. 그 모습은 너무나 처절했다. 진천은 한 파벌의 수장을 개 패듯이 패고 있었다.

그것을 지켜보고 있던 십마화들은 은근슬쩍 진천의 뒤로

이동하기 시작했다.

마본천녀는 머리가 산발이 되고 얼굴이 퉁퉁 부어 알아볼 수 없게 변해 버렸다.

"사, 살려……."

퍼퍼퍼퍽!

진천은 마본천녀를 철저하게 팼다. 그녀가 기절하려고 하면 진기를 불어넣어 정신을 되찾게 만들었다.

마본천녀는 철저한 고통 속에서 비명을 지를 수밖에 없었다.

마본천녀는 현문대사를 죽이는데 일조한 여인이었다. 처절한 고통 속에서 죽지도 못하게 만들 생각이었다.

교주의 아내이기는 하나 어차피 강자지존이고 먼저 법도를 깨고 진천을 죽이려 했으니 교주라 할지라도 진천을 추궁할 수 없을 것이다. 마교에서 고수가 폐인이 되고 새로운 고수가 탄생하는 일은 너무나 흔한 일이었다.

마본천녀의 모든 혈맥이 파훼되고 단전이 깨져 버렸다. 이후에 절대 복구를 할 수 없을 정도로 혈마기가 마본천녀의 세맥까지 침투해 들어갔다.

털썩!

마본천녀의 몸이 바닥에 떨어졌다. 막대한 고통 속에서 몸을 부들부들 떨었다. 선천지기까지 손상되어 마본천녀는 십

년은 더 늙어 보였다.

"내, 내공! 내공이……!"

마본천녀는 흩어지는 내공을 붙잡으려 했지만 그럴 수 없었다. 그녀가 그동안 모은 모든 음기가 흩어져 버렸다. 마본천녀는 피떡이 된 고개를 들어 진천을 바라보았다. 그의 뒤에 십마화가 무릎을 꿇고 고개를 조아리고 있었다.

진천은 고개를 숙여 마본천녀를 바라보았다. 그리고 조용히 입을 떼었다.

"걱정 마. 네 아들도 너처럼 쉽게 죽이진 않을 거야."

"과, 곽문진… 네 이놈!!"

"그러게 실력도 없으면서 왜 나대?"

마본천녀가 비틀거리며 몸을 일으키려 했다. 하지만 일어날 수 없었다. 그녀는 젓가락을 들 힘조차 남아 있지 않았다. 앞으로도 그럴 것이다.

마본천녀가 울부짖으며 곽문진이라는 이름을 외쳤다.

진천은 그 모습을 보며 피식 웃을 뿐이었다. 이제 마본천녀는 현문대사에게 안겨주었던 그 고통을 평생 동안 누릴 것이다.

'내가 그렇게 만들 거야.'

그 일에 참여했던 모두를 그렇게 만들 것이다. 진천은 마본천녀의 혈을 짚었다. 이것이 그녀가 가지는 마지막 휴식이었다.

진천이 뒤를 돌아보자 십마화는 이마를 바닥에 찧으며 미동조차 하지 않았다.

"내가 소교주가 될 것이다."

진천이 혈마강기를 수강으로 뿜어내며 십마화를 바라보았다.

십마화는 느껴지는 혈마강기의 기세에 몸을 파르르 떨었다. 익힐 수만 있다면 천마신공과 쌍벽을 이룬다는 것이 바로 혈마신공이었다.

그런 혈마지체를 완성한 존재가 바로 바로 눈앞에 있었다. 누구보다도 소교주에 어울리는 자였다.

"나를 따르겠나?"

소교주가 되면 충성을 맹세한 자들 외에는 세력권에서 밀려난다. 때문에 줄을 잘 타야 했다. 이미 마본천녀를 제압한 이상 마본궁은 진천의 것과 마찬가지였다. 십마화는 생각할 것도 없다는 듯 동시에 입을 떼었다.

"존명!"

충성을 맹세한 십마화를 바라보던 진천은 고개를 끄덕였다. 진고독의 수량은 한정되어 있기에 천천히 시간을 두고 그녀들의 정신을 제압할 생각이었다.

"마본궁의 수하들을 불러와라."

"존명!"

십마화가 사라지며 잠시 뒤에 마본궁에 있는 마본천녀의 수하들이 모두 몰려왔다. 상당한 숫자였다. 마화대(魔花隊)로 불리는 고수들이었는데 모두 여인이었다. 마화대는 피떡이 된 마본천녀를 본 뒤에 곧바로 진천의 앞에 무릎을 꿇었다.

"이제 마본궁은 내 것이다."

마본천녀가 완전한 곽사준의 편이었기에 마본궁에는 곽사준이 심어놓은 세작은 없었다. 그렇기에 진천은 마본궁의 전력을 온전히 흡수할 수 있었다.

'쉽군. 우두머리만 치면 되는 것이니 말이야.'

곽사준은 본신 무공이 아직 화경의 끝자락에 머물러 있기에 진천과 같은 수법으로 세를 늘릴 수 없었다. 대신 차후 교주가 되었을 때 많은 이득을 제공하는 식으로 교섭을 하고 있는 것이다.

마본궁의 모든 이들이 진천 앞에 고개를 조아렸다. 마본궁의 이들도 곽사준의 방식을 알고 있었다. 하지만 눈앞에 있는 소마는 그야말로 마교에 어울리는 방식으로 세를 늘리고 있는 것이다.

"진정한 소마를 뵙습니다."

모든 이가 그렇게 말하며 진천에게 완전히 복종할 것을 맹세했다.

진천은 마본궁을 둘러보았다. 미무(美霧)가 사라져 드러난 마본궁은 상당히 아름다웠다.

단문세가는 비교도 안 될 만큼 큰 규모를 자랑했고 대장간을 포함한 여러 가지 기반 시설이 들어서 있었다. 특히 독을 만들 수 있는 독마동(毒魔洞)이 진천의 마음에 들었다.

진천이 마본궁을 둘러볼 동안 부상당한 일화를 제외한 모든 십마화가 진천의 뒤를 따랐다. 십마화는 직접 마본천녀를 독마동에 가두어놓고 진천을 따르고 있는 것이다.

그녀들의 표정은 상기되어 있었는데 마본천녀에게 내공을 빼앗기지 않아도 된다는 것만으로도 진천에게 충성을 맹세할 이유가 되어주었다.

진천은 마본천녀가 머무는 고급스러운 저택을 보며 고개를 끄덕였다.

"이곳이 좋군. 앞으로 이곳에서 머물겠다. 가서 흑명과 월영 쌍희를 불러와라."

"존명!"

십마화 중의 일부가 사라졌다.

'곽사준이 애가 타게 되었군.'

가장 든든한 후원자였던 마본천녀가 그리 되었으니 곽사준은 한 팔이 잘린 것과 다름없었다. 진천은 저택 안으로 들어섰다.

마본천녀를 따르던 시녀들이 진천이 나타나자 정중히 인사했다.

마교에 속한 자답게 주인이 바뀌었어도 큰 동요를 보이지 않았다.

진천은 무림맹보다 이곳이 자신에게 맞는 것 같다고 생각했다.

"좋은 술이 있느냐?"

"예, 곧 대령하겠사옵니다."

시녀 하나가 깊게 고개를 숙이며 물러났다. 진천은 커다란 방을 둘러보다가 마본천녀의 흔적을 삼매진화를 이용해 모조리 지워 버렸다. 값비싼 비단과 옷, 그리고 세외에서 들여온 향수가 모조리 타버리며 사라졌다.

'살아 있는 것을 후회하게 만들어주마.'

진천은 철저하게 곽사준을 파멸시킬 것이다. 그에게 가진 것이 사라지는 고통을 알려주고 그의 육체와 정신에 극한의 고통을 부여할 것이다.

진천은 만족스러운 웃음을 지으며 푹신한 의자에 앉았다.

제2장
독마

곽사준은 들어온 보고에 말조차 잃은 채 한동안 멍하니 그 자리에 서 있었다.

곽문진이 마본궁으로 단신으로 쳐들어가 마본천녀를 제압 후 마본궁을 자신의 세력으로 만들었다는 보고였다. 그 과정에서 마본천녀는 폐인이 되어버렸고 마본천녀를 따르던 십마화를 포함한 전원이 곽문진에게 충성을 맹세했다고 한다.

곽사준은 도저히 그 말을 믿을 수가 없어 직접 마본궁으로 향했다.

그가 마본궁에 들어서려는 순간 월영쌍희와 십마화가 앞을 막아서 들어갈 수 없었다.

곽사준은 발걸음을 돌려야만 했다.

'어머니께서 어찌……!'

마본천녀가 단전이 깨진 채 폐인이 되었다는 사실이 마교에 퍼졌다.

생사를 건 결투였으니 곽문진에게 죄를 물을 수 없었다. 오히려 마본천녀가 치졸한 수를 써서 개입했다는 증거가 하나둘씩 나오자 곽사준 역시 마본천녀를 두둔할 수가 없었다.

곽사준은 이를 악물고는 마본궁을 벗어났다.

가장 든든한 후원자를 잃었지만 아직 그의 세력은 강대했다. 훗날 자신이 교주가 된다면 많은 부귀영화를 약속했기에 절대 배신할 일이 없다고 생각했다.

특히 마검존이라 이름이 높은 원로 고수를 포섭한 것은 큰 힘이 되었다. 천마신공을 얻게 되면 일부의 구결을 알려준다는 조건에서였다.

물론 곽사준은 교주가 된 다음에 마검존을 처리할 생각을 가지고 있었다. 마본천녀도 같은 의견을 보였다.

'놈, 분명 간악한 술수를 썼을 것이다.'

곽사준은 곽문진의 무위가 자신보다 떨어진다고 자신하고 있었다.

마본천녀를 꺾은 것도 정면승부가 아닌 사악한 술수를 썼다고 생각했다. 현경의 끝에 이른 마본천녀를 천마지존이 아닌 이상에야 누가 그리 처참하게 만들 수 있단 말인가!

곽사준은 빠르게 머리를 굴렸다.

'정당한 결투라 알려졌지만 월영쌍희와 십마화를 동원했을 터. 놈은 마교를 떠날 때부터 모든 것을 계획했던 것이군.'

십마화를 사전에 포섭해 놓고 월영쌍희와 일을 도모했다.

곽사준은 그렇게밖에 생각할 수 없었다. 어려서부터 곽문진은 총명했다. 자질로 따지고 보면 자신보다 뛰어나다는 것을 곽사준은 알고 있었다. 그 곽문진이 독에 당한 척 연기하며 마본천녀를 제거할 기회를 노린 것이 분명했다.

'찢어죽일 놈!'

곽사준은 어머니가 그렇게 된 것보다 자신의 자존심이 뭉개진 것에 더욱 분노했다.

마본궁 역시 자신이 교주가 된다면 흡수할 생각이었던 곽사준이었다.

그런 계획을 망친 곽문진을 도저히 용서할 수 없었다.

곽사준은 곽문진을 반드시 찢어죽이리라 다짐했다.

전쟁은 이제 시작된 것이니 말이다.

* * *

그런 곽사준을 지켜보던 흑명이 진천의 앞에 부복했다.

마본천녀를 박살 낸 진천은 한가로운 한때를 보내고 있었다. 곽문진을 따르던 식솔들을 모두 거두고 마본궁을 중심으로 재편성했다.

진천의 주요 세력은 흑명이 이끄는 진살대와 월영쌍희가 이끄는 십마화, 그리고 마화대였다. 가장 경지가 낮은 자도 모두 절정을 넘어선 정예 고수였다. 마교가 백도무림과 맞붙어도 밀리지 않는 이유였다.

모두 합쳐 백 명이 넘어서는 고수가 진천의 손아귀에 있었다. 마화대 휘하의 조직까지 합하면 그 숫자는 이백이 넘어갔다. 진천에게 충성을 맹세하고 있지만 마교 교주가 명령한다면 흑명과 월영쌍희를 제외하고 모두 교주를 따를 것이다.

'진고독과 비슷한 수준의 고독을 더 확보해서 모두 내 것으로 만들어야겠어.'

지금 당장은 수족으로 써먹을 수 있으니 급할 것은 없었다. 진천은 마교의 고수들을 하나하나 자신의 것으로 만들 생각이었다. 물론 마본천녀와 같이 파멸시킬 고수들도 많을 것이다. 자신의 쓰임을 증명하지 못한다면 모두 마본천녀와 같은 수순을 밟게 될 것이다.

"곽사준이 의외로 얌전히 돌아가는군요."

"배짱이 없는 소인배로군."

흑명의 말에 진천은 곽사준을 그렇게 평가했다.

마본천녀가 없었다면 아무것도 못했을 애송이었다. 지금이야 큰 세력을 가지고 있었지만 그 근본에는 마본천녀의 수작이 존재했다.

"마본천녀의 무공은 모두 알아냈나?"

"예. 명하신 대로 월영쌍희에게 전해주었습니다."

"좋군."

몸속에 침투한 혈마기의 영향으로 계속되는 고통을 참지 못한 마본천녀가 자신이 가진 모든 것을 내놓았다. 그럼에도 불구하고 진천은 마본천녀에게 자비를 베풀지 않았다. 그녀가 편해지는 것은 모든 일이 끝난 후일 것이다.

"마본천녀가 독으로 중독시켜 포섭한 고수들의 명단이 있습니다. 일정 기간 내에 해독제를 먹지 않으면 모든 혈맥이 뒤틀려 죽는다더군요. 모두 독마동에서 마본천녀가 직접 만든 것입니다."

"일이 쉬워지겠군."

마본천녀가 포섭한 고수들은 모두 곽사준의 세력에 있을 것이다. 곽사준이 해독제를 가지고 있지 않다면 그들은 모두 진천에게 몰려올 것임이 틀림없었다.

마본천녀가 모든 것을 다 뱉어냈기에 해독제를 만들 수 있었다. 게다가 그녀가 만든 독을 이용하여 새로운 전력을 만들어낼 수도 있을 것이다. 현문대사의 죽음에 일조를 한 찢어죽일 여자지만 지금은 많은 도움이 되고 있었다.

흑명은 부드럽게 웃고 있었다. 곽문진을 죽음에 이르게 한 마본천녀가 그와 같은 치욕을 당하고 있으니 기분이 좋을 만했다.

"흑명, 이제부터 시작이다."

"주군께서 베푸신 은혜, 잊지 않겠습니다."

앞으로 볼 만해질 것이다. 진천은 곽사준의 숨통을 천천히 조일 생각이었다. 모든 것을 다 잃고 처절하게 비명을 질렀을 때 살지도 죽지도 못하게 만들 것이다. 그것이 현문대사를 위한 복수였고 흑명의 충의에 보답하는 일이었다.

"마교 구경을 좀 해야겠군."

"저와 월영쌍희가 호위하겠습니다."

"됐다."

마교로 온 이후로 건물 안에서만 지낸 진천이었다. 두 눈으로 마교의 진면목을 보고 싶었다. 아직 곽사준에게 붙지 않은 세력도 있으니 가는 김에 포섭하는 것도 나쁘지 않을 것이다.

'곽사준이 덤벼주면 그걸로 좋겠지만 말이야.'

곽사준은 뱀과도 같은 놈이었다. 확실히 자신을 죽일 수 있다는 판단이 설 때 나설 것이다.

마본궁이 자신의 손에 넘어온 것에 대한 충격과 그에 대한 수습을 해야 하니 당분간은 조용할 것이 분명했다. 이럴 때 더욱 날뛰어줘야 효과가 큰 법이다.

진천은 소마를 상징하는 의복을 입었다. 마본궁 안에 좋은 검들이 많았지만 검을 차지는 않았다.

곽사준이 세력을 끌고 덤빈다고 하더라도 혈마신공만으로 살아남을 자신이 있는 진천이었다.

진천이 마본궁 밖으로 나서려 하자 월영쌍희와 십마화가 나타나 부복했다.

월영쌍희가 무슨 말을 한 것인지는 몰라도 십마화의 몸짓에서는 충성심이 가득했다. 하지만 아직 십마화를 거둔 것은 아니었기에 진천은 그들을 신용하지 않았다.

진천은 확실히 믿을 수 있는 사람만 믿었다.

황보미윤이나 다른 처자들이 진천에게 애정을 보내와도 자신의 속내를 내보이지 않는 이유도 그래서였다.

"저희가 모시겠습니다."

"됐다. 너희가 있으나 없으나 비슷하다."

자존심이 상하는 말에 십마화가 발끈하는 것이 보였지만 월영쌍희는 깊게 고개를 숙일 뿐이었다. 저들이 다 따라간다면 자유롭게 몸을 뺄 여지도 없을 것이다.

진천은 그들을 지나쳐 마본궁 밖으로 나왔다. 마본궁은 마본천녀가 있었을 때와는 사뭇 풍경이 달라져 있었다. 미무가 없어진 것도 있었지만 분위기 자체가 활기차졌다.

마본천녀의 밑에서 음기를 착취당하던 많은 이가 자유롭게 풀려났기 때문이다. 마화대에 속한 자들 외에는 전력으로 써먹기 힘들어 방치해 놓았지만 그들은 알아서 힘든 일을 자처하며 남으려 했다.

진천이 나타나자 모든 이가 하던 일을 멈추고 무릎을 꿇고 고개를 조아렸다. 진천은 그들을 바라보다가 지나칠 뿐이었다.

'마교라 해도 약자는 존재하게 마련이지.'

약자에 대한 취급은 어느 곳보다 더 심각할 것이다. 어떤 배려도 존재하지 않는 오롯한 강자지존의 마교였기 때문이다.

철저히 약자의 입장에서 살고 죽은 진천은 누구보다도 그들의 입장을 잘 알고 있었다.

진천은 고개를 저으며 걷기 시작했다. 거대한 분지 안에 세워진 마교는 무림맹보다도 훨씬 컸다.

분지는 한 곳뿐만이 아니라 산맥 곳곳과 이어져 있었다. 그것은 마치 하나의 거대한 나라를 보는 듯했다. 폐쇄적인 형태로 운영을 해왔기에 건물이나 삶의 방식이 외부와는 아예 달랐다.

막대한 부를 축적한 마교답게 건물들은 화려했다.

수준 높은 장인들이 만든 건축물은 마치 탑처럼 보이기도

했고 성처럼 커다랗기도 했다. 진천도 한동안 눈을 떼지 못할 정도였다.

그늘이 많은 마교의 영내에서는 낮임에도 불구하고 호롱불이 사방에 놓여 있었다. 모르는 사람들이 본다면 상당히 낭만적인 풍경이었다.

'그녀가 좋아하겠군.'

황보미윤이 생각나자 진천은 피식 웃으면서 고개를 저었다.

진천은 풍경을 감상하며 천천히 걸었다. 주변에서 기척들이 느껴졌다. 자신을 감시하기 위해 곽사준이 붙인 자들이 분명했다. 꽤나 은신술에 자신이 있는 모양인지 대놓고 접근하고 있었다.

진천은 피식 웃으며 한걸음 앞으로 나아갔다. 그러자 그의 모습이 순식간에 사라져 버렸다. 검은 복면을 한 자들이 움찔거리면서 진천을 찾기 위해 분주히 눈을 굴리는 때였다.

"수준이 낮군."

움찔!

그들의 뒤에서 진천이 나타났다. 도주를 하려 했지만 그럴 수 없었다. 진천의 손이 빠르게 움직이며 그들의 혈도를 짚었다.

그들은 우뚝 굳어버린 채로 눈을 부릅떴다. 곽사준이 꽤나 신경을 썼는지 그럭저럭 고수를 붙인 것 같았다.

진천은 그들을 차분한 눈으로 바라보았다. 들킨 이상 자결을 해야 했지만 지금은 전혀 움직일 수가 없어 그조차도 불가능했다.

"그럭저럭 쓸 만은 하겠어."

진천은 품에서 고독을 꺼냈다. 손톱만 한 고독을 보는 순간 그들은 몸을 움찔했다. 마교에서조차 고독은 전설로 치부되는 존재였다. 그들은 저것이 고독이라고 생각하지 못할 것이다. 그저 맹독을 품고 있는 벌레 정도로 보고 있었다.

진천의 입가에 미소가 서리는 순간 고독이 그들의 코와 입을 통해 들어갔다.

부르르르!

진천의 고독은 그들의 선천지기와 동화하며 순식간에 머릿속에 자리 잡았다. 그들은 이제 자신의 의사와는 상관없이 진천의 말을 따를 수밖에 없었다.

"방금 일은 잊어라."

진천의 말이 들리자 그들의 눈빛이 모두 멍해졌다.

그들은 자신이 고독에 중독된 것조차 잊어버렸다. 당분간 명령받은 바를 충실히 수행하는 곽사준의 수하로서 지낼 것이다. 그러다 고독이 완전히 혼백을 잠식하게 된다면 그때 곽사준을 위한 선물을 준비할 생각이었다.

진천이 다시 여유롭게 걷자 그들은 진천을 따라다니며 진천을 감시하기 시작했다.

"각 세력이 점령한 지역을 관리하는 건가? 특이하군."

각 세력과 파벌이 마교의 커다란 영지 내에서 끊임없이 경쟁하고 있었고 그 안에 군림하여 관리를 하고 있었다. 마교 안에 여러 개의 국가가 있는 것과 다름이 없었다.

물론 그들 모두는 천마지존이라는 이름 아래 움직이지만 특별한 명령이 없는 이상 계속해서 경쟁하고 있는 것이었다.

평화로운 백도무림과는 달랐다. 그랬기에 계속해서 발전하고 강해지는 것이었다.

진천은 마본궁의 영역에서 벗어나 긴 도로를 따라 새로운 영역으로 진입했다.

마교를 상징하는 깃발 아래 독마라는 한자가 써져 있는 것으로 보니 이곳은 독마의 세력이 관리하는 곳이 분명했다.

'독마라는 자는 후계 싸움에는 관심이 없다고 했던가?'

곽사준도 독마에게 여러 차례 찾아갔지만 굴욕을 당했다고 한다.

독마가 인정하는 자는 오로지 자신보다 더 강한 자였다. 독마 뿐만 아니라 여러 고수가 그렇게 생각하고 있었다. 진정한 천마지존의 후계가 될 자라면 그런 자신들을 굴복시켜야 한다고 여기고 있는 것이다.

진천이 여유로운 걸음으로 독마의 영역에 들어서자 거리를 지나던 많은 마교인이 진천을 발견하며 주시했다.

진천과 눈이 마주치면 기본적으로 예의를 갖추기는 했지만 그것뿐이었다.

천마지존은 그들에게 신이었고 독마는 그들의 주군이었다. 천마신공을 연공하고 난 후에 역대 교주들이 한 일은 독마와 같은 고수들을 꺾는 것이었다. 그렇게 함으로서 완벽한 교주 중심의 권력체계가 완성되는 것이다.

"기왕 여기까지 왔으니 그럼 독마의 접대를 받아볼까."

진천은 그렇게 말하며 피식 웃고는 한적한 거리를 걸었다.

세력권 안에는 마교인들을 위한 시설이 모두 갖춰져 있었다. 어느 정도 자급자족을 할 수 있는 기반 시설도 있었고 각 지역으로 뻗어나가는 상단 역시 보였다.

그것을 기반으로 마교 내에 다른 세력권과 교역을 하기도 하고 전쟁을 하기도 했다. 진천이 접수한 마본궁이 조금 특이한 경우였다.

마본천녀는 제자들을 이용해 마교인들에게 쌓인 음기를 취하며 자금을 끌어 모았다. 물론 지금은 하지 않는 일이었다.

진천을 감시하던 자들도 독마의 영역에 들어오자 더 이상 따라오지 않았다.

마본천녀보다 무공면에서 뛰어난 독마였으니 곽사준이라 하더라도 부담이 될 것이다. 천마신공을 익힌 차후에 충성의 맹세를 받으려 할 것이 분명했다.

'천마신공을 익힌다면 교주에게는 볼 일이 없지.'

진천은 천마신공의 묘리로 자신의 경지를 더 올릴 수 있을 거라는 확신이 있었다. 좀 더 빠른 시일 내로 말이다.

진천은 비릿한 웃음을 지으며 독마의 세력권을 감상했다.

"제법 그럴듯하군."

이곳이 마교가 아니었다면 느긋하게 관광을 할 수 있을 정도로 제법 운치가 좋았다.

혹자들은 마교를 두고 천년마교라 하였다. 유구한 역사를 자랑하듯 모든 건물은 그 값어치가 상당히 높아 보였다.

진천은 오히려 마교로 들어온 후부터 조금 더 여유로워졌다. 귀찮게 세간의 눈치를 볼 필요가 없기 때문이었다. 마교를 관광하는 마음으로 천천히 이곳저곳을 둘러 볼 때였다.

진천의 앞에 독마의 수하들이 나타났다. 마치 바닥에서 치솟는 것처럼 솟구쳤다. 제법 그럴듯한 신법이었다.

진천은 흥미로운 눈으로 그들을 바라보았다.

독기가 느껴졌다. 진천에게는 전혀 영향이 없지만 정파인들에게는 치명적으로 작용할 것이 분명했다.

그들 중에 가장 직급이 높아 보이는 자가 진천의 앞에 서더니 고개를 숙였다. 단지 예의를 차리는 것에 지나지 않았다.

"소마님, 여긴 어쩐 일로 오셨습니까?"

"내가 그런 걸 보고해야 하나?"

"그것이 아니오라 소마전(小魔戰) 중인 분께서 독마 님의 영지에 오신 것은 무언가 이유가 있어서가 아닙니까?"

진천이 그를 노려보았다. 기세가 휘몰아치며 그를 압박했다. 몸이 미세하게 떨리는 것이 진천의 눈에 들어왔다.

"천마지존이 된다면 어차피 모두 내 것이 될 것이다. 내 것에 미리 와본 것에 일일이 허락을 받아야 하나?"

"광오하시군요."

"주제넘군."

진천의 손이 뻗어나가며 그의 목을 붙잡았다. 그러자 그 뒤에 있던 독마의 수하들이 살기를 내뿜었다.

진천은 피식 웃으며 손에 들린 남자를 앞으로 던졌다. 그는 바닥에 날렵하게 착지한 후 목을 쓰다듬으며 진천을 노려보았다.

"독마 님에 대한 도전이라 봐도 되겠습니까?"

"도전? 하하하!"

진천은 웃었다. 진천의 웃음에 그들 모두가 살짝 몸을 떨었다.

"내가 누구에게 도전을 한단 말이냐. 그저 아랫사람에 대한 교육일 뿐이지."

진천의 말에 그의 앞에 있는 수하들뿐만 아니라 주변에 있는 모두가 멈추어 서고는 진천을 바라보았다.

독마를 아래로 여기는 말을 내뱉었음에도 진천은 늘 그렇듯 여유로운 표정이었다. 수하들은 진천의 모습을 보고는 그가 진정 진심으로 그렇게 여기는 것같이 느꼈다.

"…후회하실 겁니다."

"할 수 있다면 그리 만들어보도록. 기회를 주지."

진천은 팔짱을 끼며 독마의 수하들을 바라보았다. 분노로 물든 눈빛으로 진천을 노려보며 검을 뽑아 진천에게 겨누었다.

'괜찮은 눈빛이군. 진정으로 독마를 따르고 있어.'

수하들을 보니 독마란 놈도 제법 괜찮은 녀석인 것 같았다. 하나같이 모두 절정 이상의 무위를 자랑했고 특히 진천에게 말을 건넸던 자는 화경 초입에 머물고 있었다. 무위를 볼 때 정예 수하는 아니지만 그럭저럭 쓰임이 있는 자들 같았다.

마교는 허례허식에 얽매이는 정파와는 달랐다. 적으로 여겨진다면 가차 없이 모든 것을 선보였다. 그들은 진천을 진정으로 죽이기 위해 내기를 전력으로 끌어 올리며 달려들었다.

진천은 여전히 팔짱을 풀지 않고 있었다. 호신강기조차 쓰지 않으며 찔러오는 검들을 바라보았다.

쉬익!

살짝 움직이는 것만으로도 검들이 진천을 스치고 지나쳤다.

퍼엉!

가볍게 발로 차버리자 독마의 수하 두 놈의 몸이 겹쳐지며 뒤로 튕겨 나갔다. 그 순간 그들의 몸이 움찔거렸다. 진형을 붕괴시키는 그런 찰나의 틈은 진천과 같은 고수를 상대할 때는 치명적이었다.

휘이익! 퍼엉!

진천이 발을 앞으로 뻗자 내력이 방출되며 정면에 있던 셋을 그대로 휩쓸어 버렸다. 바닥에 쓰러진 셋이 피를 토하며 들끓는 진기를 진정시키려 애썼다.

“혀, 혈마기……!”

내상을 입은 독마의 수하들은 감히 진천에게 덤비지 못했다.

“이게 끝인가?”

주춤 거리고 있는 독마의 수하들을 보며 진천이 그렇게 말했다. 그들은 더 이상 진천에게 덤비지 못하고 있었다. 순식간에 다섯이 당하자 전의를 상실해 버린 것이다.

“독마도 별거 아니군. 이렇게 허접한 놈들을 수하로 거두고 있다니 말이야.”

진천의 말에 그들의 눈빛이 달라졌다. 이 자리에서 목숨을 버릴 생각인지 더욱 흉폭한 기세를 뿜어내고 있었다. 동귀어진의 수라도 쓸 작정인 것 같았다.

하지만 저들이 아무리 발악한다고 해도 자신에게는 별 피해가 없을 것이다. 숨겨놓은 오의를 쓰든 동귀어진의 수를 쓰든 말이다.

'죽일까?'

진천은 가볍게 고민했다. 하지만 이렇게 죽이기에는 조금 아까운 감이 있었다.

'독마라 했나?'

이참에 마본천녀보다 약간 윗선으로 평가받는 독마를 굴복시키는 것도 나쁘지 않을 것 같았다. 마본궁과 제법 가깝기에 통합시켜 독마가 관리하게 한다면 편하게 세력을 확장할 수 있을 것이 분명했다.

독마를 수하로 거둔다면 저들은 어차피 자신의 것이 될 것이기에 살려놓는 것이 좋았다. 그렇게 다짐한 순간 진천의 내력이 폭사되었다. 혈마신공을 일으키자 진천의 주위로 핏빛 기류들이 뿜어져 나왔다. 그것이 형성한 것은 혈마강기였다.

진천이 손을 휘젓자 긴 다발을 만들며 뿜어져 나간 혈마강기가 동귀어진을 펼치려는 그들의 가슴을 강타하며 모두 뒤로 날려 버렸다.

혈마강기는 마치 살아 있는 것처럼 각자에게 모두 적중한 것이다. 이기어검의 수법이 섞인 대단한 한 수였다.

"커헉!

"크윽!"

그들의 진기가 한순간에 끊기며 초식 전개가 무력화되었다. 본래라면 절명했어야 하지만 내상을 입는 것에 그쳤다. 당분간 내력을 운용할 수 없을 정도일 뿐이었다.

다른 수하들이 몸을 가누지 못하고 있는 것과는 달리 진천에게 말을 걸었던 자는 비틀거리면서 몸을 일으켰다.

진천은 그의 앞에 천천히 다가갔다.

털썩!

비틀거리며 그가 무릎을 꿇었다. 그는 고개를 들어 진천을 바라보았다.

"…졌습니다."

"당연한 결과다."

침묵이 내려앉았다. 피범벅이 된 그들과는 다르게 진천은 너무나도 깨끗했다. 전투를 치른 흔적은 전혀 보이지 않았다.

"독마는 어디 있지? 윗사람이 왔는데 마중조차 나오지 않는다니 버릇이 없군."

"…독룡각에 계십니다."

"독룡각이라… 마침 잘 되었군."

그는 몸을 일으키려 했지만 진기가 역류해 제대로 움직일 수 없었다.

진천은 그를 바라보다가 빠르게 혈을 짚었다. 그러자 그의 내상이 점차 가라앉으며 진기가 유통되기 시작했다.

그는 놀란 표정을 감추지 못했다. 단지 혈을 짚는 것만으로 내상을 가라앉히는 수법은 듣도 보도 못한 것이었기 때문이다.

진천은 그에게서 독룡각의 위치를 알아냈다. 독마의 손님이 와 있다는 정보까지 입수할 수 있었다. 대낮부터 걸쭉하게 한잔하고 있는 모양이었다.

"저 쓸모없는 것들을 데리고 구석에 처박혀 있어라."

그는 몸을 부르르 떨더니 고개를 숙였다. 철저하게 패배한 이상 그 어떤 말도 할 수 없었다. 그저 그들이 모시고 있는 독마가 저 건방진 소마의 버릇을 고쳐주길 바랄 뿐이었다.

진천은 그를 지나쳐 독룡각으로 향했다. 여기까지 오며 그럭저럭 재미를 보았지만 진정한 재미는 독룡각에서부터 시작될 것이다.

길게 이어진 거리를 걷다가 높이 솟아 있는 절벽에 닿았다.

안으로 움푹 깎인 절벽 안에 거대한 건물이 자리 잡고 있었다. 호롱불이 어두운 그늘을 밝히고 있어 환상적인 풍경을 자아냈다.

마치 무릉도원에 있는 신선이 사는 궁전같이 보였다. 저곳이 바로 독룡각이었다.

무척이나 높은 곳에 있었기에 독룡각에서 밧줄이 달린 승강기를 내려주지 않으면 올라갈 수 없었다.

절벽 면은 마치 빙벽 같았다. 한기가 뿜어져 나오고 있었고 촉촉한 표면은 아주 매끄럽고 미끄럽기까지 했다.

때문에 경신법이 뛰어난 고수라 할지라도 독룡각에 닿는 것은 무척이나 힘들 것이다. 그랬기에 초대받지 않은 손님은 닿을 수 없는 곳이기도 했다.

하나 진천에게는 해당되지 않았다. 진천은 절벽에 가까이 접근해 고개를 들어 독룡각이 있는 곳을 바라보았다. 그러다가 절벽을 만져보았다.

"얼음보다 더 차갑군."

얼음으로 이루어진 것이 아니라 신기한 벽이었다. 차가운 한기와 함께 수분이 흐르고 있어 보통의 신법으로는 올라가기 힘들어 보였다. 게다가 마치 칼로 잘라놓은 것처럼 매끄러운 표면이었다.

마교에서는 마빙벽(魔氷壁)이라 부르는 곳으로 어류가 귀한 마교 안에서 대량의 냉장보관이 가능한 유일한 곳이었다.

만년한철과 같은 경도를 자랑했기에 가공할 수 없다는 단점이 있기는 했다.

진천은 마빙벽을 몇 번 두드려 보다가 혈마강기를 일으켰다. 강기로 손상시킬 수는 있으나 많은 내공을 쏟아서 넣어야 가능할 것이다.

진천의 혈마강기가 마빙벽에 닿았다. 격렬한 진동을 만들며 혈마강기가 마빙벽에 꽂혀 들어갔다.

한기가 치솟으며 방출된 강기를 얼리려 했지만 진천의 혈마강기는 결코 얼어붙지 않았다.

"신기하군."

이것을 제대로 다룬다면 제법 짭짤한 수입을 얻을 수 있을 것 같았다. 지금이야 상관없지만 과거의 진천이었다면 어떻게든 이용하기 위해 머리를 굴렸을 것이다.

"올라가 볼까."

진천은 피식 웃으며 마빙벽에 수강을 쑤셔 넣었다. 압도적인 내력으로 쑤셔 넣자 치지직거리는 소리와 함께 손이 박혀 들어갔다.

서두를 필요 없이 진천은 자신의 흔적을 마빙벽에 새겼다. 한기가 침입하려 했지만 진천의 혼기에 모두 잡아먹히며 오히려 진천의 내력을 보충해 주고 있었다.

'이곳에서 수련을 하면 제법 많은 내력을 쌓을 수 있겠군.'

혼천단이 있기에 내공에 대한 걱정은 없었지만 쌓을 수 있는 내공은 많으면 많을수록 좋기는 했다. 마빙벽의 한기를 혼천단에 쑤셔 넣는다면 더욱 많은 혼기를 얻을 수 있을 것이다.

진천에게는 큰 영향이 없더라도 진천의 수하들에게는 이곳보다 좋은 곳은 찾아보기 힘들었다.

'독마를 굴복시켜야 하는 이유가 늘었군.'

처음에는 흥미였지만 지금은 굴복시켜야 할 이유가 생겼다.

진천은 마빙벽을 가뿐하게 올랐다. 중간 정도에 올라 뒤를 돌아보니 마교의 커다란 영역이 보였다. 분지 자체도 커다랗고 분지 외에 다른 곳으로 이어진 길 역시 보였다.

이 거대한 산맥 자체가 모두 마교의 영역인 것이다. 상당히 운치가 있는 풍경이라 잠시 멈춰 눈에 담았다.

진천은 다시 마빙벽을 오르기 시작했다. 독룡각의 일부가 보일 때쯤 손에 힘을 주어 위로 날아올랐다. 진천은 몸을 회전시키며 승천하는 용처럼 빠르게 치솟았다.

속도가 떨어질 때쯤 허공답보의 수를 시전했다.

파앗!

허공을 마치 바닥처럼 발로 차며 다시 높게 치솟은 진천은 아슬아슬하게 독룡각이 있는 평지에 착지할 수 있었다.

냉기로 이루어진 안개가 바닥에 자욱하게 깔려 있었고 독룡각의 아름다운 모습이 펼쳐져 있었다.

진천이 내력을 뿜어내자 얼어붙었던 옷이 펄럭이며 냉기가 모두 사라졌다. 방금 사 입은 새 옷처럼 티끌만 한 더러움도 존재하지 않았다.

완벽한 소마의 모습이었다.

진천은 독룡각의 입구로 걸어갔다.

커다란 대문에는 독마의 수하가 서 있었는데 진천의 모습을 보자 크게 놀라며 주춤거렸다.

그들은 빠르게 옆에 있는 승강기를 바라보았다. 승강기는 내려가지 않고 그 자리에 그대로 있었다.

"소, 소마께서 어찌 이곳에……?"

"마승룡(魔升龍)이 아직 작동하지 않았는데 어떻게……?"

그들의 얼굴에는 의문이 가득했다. 진천이 그들의 앞으로 걸어가자 진천의 앞을 막아섰다.

"죄송합니다만 들어가실 수 없으십니다."

"마승룡을 내려드릴 테니 돌아가십시오."

제법 단호한 말이었다. 진천은 그들의 말에 피식 웃으며 그들을 바라보았다.

"나에게 명령하는 건가?"

"컥!"

"크윽!"

진천의 내력을 버티지 못하고 무릎이 꿇려졌다. 완숙한 화경의 경지에 도달하지 않는 이상 진천의 내력에 저항할 방법이 없었다.

진천이 손을 휘젓자 문이 격하게 열리며 두 문지기가 안으로 튕겨 들어갔다.

섬세하게 조각된 봉황이 박살 나며 문지기가 바닥에 처박혔다. 사방에서 들리던 악기 소리가 그 순간 끊겨 버렸다.

뚜벅, 뚜벅.

진천은 다시 닫히려는 문을 두 손으로 밀어내며 안으로 들어섰다.

"좋군."

내부는 넓고 화려했다. 뻥 뚫려 있는 중앙을 기준으로 여러 층의 건물이 둘러싸고 있는 구조였다.

마빙벽의 위에 세워져 있기에 냉기로 이루어진 안개가 자욱하게 깔려 있었고 그럴듯한 조각품들은 마치 신선이 사는 곳처럼 느껴지게 만들어주었다.

진천이 안개를 가르며 안으로 들어오자 독마의 수하들이 사방에서 내려오며 착지했다. 느껴지는 기세로 보아 독마의 정예 수하들임이 분명했다. 높은 곳에서 천천히 내려오는 것을 보니 상당한 경신법을 익힌 모양이었다.

"이게 무슨 무례입니까!"

"이곳은 엄연한 독마 님의 세력권, 소마의 신분으로 어찌 될 수 있는 것이 아닙니다. 마교의 법도를 무시하시는 겁니까?"

진천은 독마의 수하들의 말에 피식 웃으며 입을 떼었다.

"마교의 법도는 강한 자가 모든 것을 지배한다, 그것이지. 본인을 독마 따위의 아래로 보다니 불쾌하군."

수하들의 표정이 모두 일그러졌다.

"독마께 도전하시는 겁니까?"

"도전? 웃기는군. 아랫것의 버릇을 친히 고쳐주러 왔다. 독마는 냉큼 달려와 무릎을 꿇고 고개를 바닥에 조아리라 전해라."

상당 부분이 소마를 연기하는 것이지만 막나가는 것도 제법 통쾌했다.

진천의 말에 독마의 수하들은 무기를 뽑아 들고 진천에게 살기를 내뿜었다.

"생사결전을 각오하신 것으로 알겠습니다."

"생사결전이라… 너희같이 허접한 놈들이 쓸 만한 단어는 아니다."

"건방진……!"

진천은 고개를 들어 가장 윗층을 바라보았다. 가장 화려하게 등불이 들어와 있는 것을 보니 독마가 저기에서 연회라도 하고 있는 모양이었다.

각 층마다 독마의 수하들로 채워져 있으니 한 층 한 층 돌파하는 것은 귀찮은 일이었다.

일단 눈앞에 있는 녀석들을 정리한 뒤에 단번에 올라가 독마를 처리하는 것이 나을 것 같았다.

진천은 혈마신공을 운용했다. 그러자 핏빛 강기가 진천의 주위로 넘실거리기 시작했다.

"혈마강기!"

"혈마지체를 이루었다는 말이 사실이었나!"

저런 반응은 이제는 조금 진부하게 느껴졌다. 진정으로 진천과 생사결전을 벌일 생각에 호기롭게 뿜어내었던 그들의 기세가 주춤했다.

혈마신공은 마교인들에게 두려움이었다. 혈마지체를 이루지 못한 불완전한 혈마신공조차 대단히 위력적이라 늘 피를 불러왔기 때문이다.

하지만 그들의 눈앞에 완전한 혈마지체가 존재했다.

혈마강기에 휩싸여 만천하를 내려다보는 남자가 그들의 눈앞에 있는 것이다.

진천이 손가락을 튕기자 혈마강탄이 뿜어져 나오며 가장 앞에 있던 자의 가슴을 후려쳤다. 엄지 손가락만 한 강탄이었다.

혈마강탄에 적중한 자가 몸을 부르르 떨더니 피를 토하며 바닥에 주저앉았다.

"커헉."

그는 나지막한 숨소리를 토해내고는 그대로 고개를 숙였다.

진천이 보여준 한 수는 경악 그 자체였다.

순간 정적이 일었다.

독마의 수하들은 숨을 쉬는 것조차 잊은 채 진천을 바라보았다.

"죽이지는 않았다. 아무리 허접한 놈들이라고는 하나 내 것이 될 놈들이니 말이야. 다만 내 앞을 막아선 대가는 치러야겠지."

그들은 독마의 자랑스러운 마지대(魔地隊)였다. 독마의 수제자들은 아니었지만 독마가 직접 거두어들이고 가르친 자들이었다. 그런 자신들을 깔보고 있음에도 그들은 어떤 말도 할 수 없었다.

진천의 기세가 이미 그들을 압도하고 있었기 때문이다.

"도, 독무를 펼쳐라!"

마지대주가 외치자 마지대원들이 사방으로 흩어지며 진천을 노려보았다.

그들은 진천을 포위하듯이 둘러싸더니 그대로 전력으로 내력을 방출하기 시작했다.

마지대의 모든 무공은 독공에 기반을 두었다. 내공심법 역시 독을 받아들여 연공하는 방법을 택하고 있었다.

익히기는 까다로우나 적은 내공으로도 가장 큰 효과를 보는 것이 바로 독공이었다.

마지대원들이 익히고 있는 심법은 독마가 직접 개량한 마독공(魔毒功)이었다. 본래는 일신독공이라 불리는 보편적인 독공이었지만 독마가 심득을 얻은 후에 자신이 깨달은 묘리를 섞은 것이었다.

독마가 지닌 극마지천신공(極魔之天神功)에 비할 바는 아니었지만 대성한다면 능히 화경에 이를 만큼 뛰어난 독공이었다.

마지대는 마독공을 전력으로 운용하며 진법을 전개했다. 그러자 뿜어져 나온 독이 독무(毒霧)를 형성하며 진천을 파도처럼 덮쳐 버렸다.

진천은 지독한 독무 속에서도 전혀 당황하지 않았다. 여유롭게 주변을 바라보다가 고개를 설레 저을 뿐이었다.

'옷이 상하면 곤란하지.'

진천이 내력을 방출하자 순식간에 독무가 흩어져 버렸다.

화경의 고수라도 순식간에 중독시켜 죽일 수 있는 독무가 허무하게 사라지자 마지대는 눈을 부릅뜬 채 진천을 바라볼 수밖에 없었다.

진천이 그들을 바라보며 웃는 순간이었다.

진천이 신법을 전개하며 마지대원들을 향해 뻗어갔다.

주변에 수많은 잔상이 나타나며 마지대원들이 풀썩하고 쓰러지기 시작했다. 마치 진천이 분신술을 쓰는 것처럼 느껴질 정도로 진천의 움직임은 빨랐다.

"커헉!"

마지대주의 목이 진천의 손에 잡혔다. 혈마기가 혈맥에 파고드는 순간 그의 몸이 굳어버렸다.

진기를 돌려 몰아낼 생각을 해보았지만 실행에 옮길 수 없었다. 혈맥에 조그마한 상처라도 나면 혈마기의 특성상 커다란 내상으로 이어질 수 있었기 때문이다.

마지대주는 진천의 미소를 보는 순간 섬뜩한 느낌이 온몸을 휘감았다. 마치 그것을 노린 것처럼 그를 바라보고 있었기 때문이다.

곱상한 얼굴이었지만 그 누구보다도 흉악해 보였다. 혈마기의 영향인지는 몰라도 그의 뒤로 마치 피와 시체들이 즐비하게 늘어져 있는 광경이 보이는 것 같았다.

'무, 무림을 피바다로 만들 자다!'

그것이야말로 마교가 바라는 소원이었다. 무림을 피바다로 만들어 마교를 중심에 세우는 것. 그것을 목표로 천마지존 밑에 충성을 맹세한 것이다.

"재미없군."

"크윽!"

진천은 고개를 들어 최상층을 바라보았다.

독마는 아직까지 모습을 드러내지 않고 있었다. 자신이 온 것을 눈치챘음이 분명한데도 말이다. 참으로 건방진 아랫것이 아닐 수 없었다.

진천은 손에 든 마지대주를 위로 던졌다. 내력을 끌어 올리며 던졌기에 마지대주는 빠른 속도로 공중으로 치솟았다.

진천이 바닥을 박차며 날아올랐다. 순식간에 떠오른 마지대주를 따라잡은 진천은 몸을 회전시키며 마지대주의 몸을 발로 차버렸다.

휘이이익! 콰앙!

마지대주의 몸이 날아가며 최상층의 방문에 부딪혔다.

방문은 맥없이 박살 나며 마지대주의 몸이 안으로 굴러들어 갔다.

진천은 허공을 밟으며 천천히 최상층에 올라섰다.

진천의 옷은 구김 없이 완벽했다. 활짝 열린 문 안으로 들어가니 커다란 식탁에 둘러 앉아 있는 많은 자가 보였다.

독마로 보이는 중년의 남자가 제일 상석에 앉아 있었다. 금을 켜던 여인들이 화들짝 놀라며 연주를 멈추었다.

진천은 천천히 안으로 들어가며 바닥에서 꿈틀거리는 마지대주를 발로 쳐냈다. 그러자 마지대주의 몸이 옆으로 튕겨 나가며 벽에 처박혔다.

"열쇠가 좀 큰가?"

열쇠는 마지대주를 가리키는 말이었다.

침묵이 자리 잡았다. 독마는 들고 있던 술잔을 식탁 위에 내려놓았다.

"소마께서 어인 일로 이곳까지 찾아오셨소?"

독마가 흉흉한 기세를 뿜어내며 진천을 바라보았다.

식탁에 둘러 앉아 있는 자들은 독마의 제자들로 보였다. 그리고 처음 보는 여인도 존재했다. 분위기로 보아 독마의 사람으로는 보이지 않았다.

진천이 식탁을 향해 다가가자 독마의 제자들이 일어나며 진천에게 살기를 내뿜었다.

진천은 고개를 설레 젓고는 독마와 마주본 자리에 앉아 있는 제자를 향해 손을 뻗었다.

"허억!"

무형진기가 뿜어져 나가자 제자가 목을 붙잡으며 쓰러졌다.

"사형!"

"사, 사형이……!"

독마의 제자들은 진천의 기세에 다른 말을 할 수 없었다. 독마가 손을 들자 제자들이 인상을 구기며 자리에 앉았다. 그것이 보이자 진천은 손을 거두었다.

무형진기에 목이 졸려 있던 독마의 제자가 비틀거리며 일어났다. 고개를 든 순간 그는 몸을 떨 수밖에 없었다. 진천이 그를 내려다보고 있었기 때문이다.

"비켜."

진천의 말에 그는 큰 굴욕을 느꼈다. 어떻게든 버티려 했지만 진천의 기세가 너무나 강렬했다. 그것에서 잊고 있었던 두려움이라는 감정이 기어 올라오기 시작했다.

그는 감히 진천을 바라보지 못하고 눈을 내리며 옆으로 주춤 비켜섰다.

"의자가 마음에 안 드는군. 좋은 걸로 가져와라."

"무, 무슨……?"

"귀가 먹었나?"

진천은 고개를 돌려 독마를 바라보았다.

독마는 눈썹을 찡그리며 고개를 끄덕였다. 그러자 주춤거리던 제자가 다른 방에서 그럭저럭 좋은 의자 하나를 가져왔다.

"그래, 마음에 드시오?"

"독룡각은 영 허접하군."

진천은 그렇게 말하며 의자에 앉았다.

"너는 물러가거라."

어색하게 서 있던 제자가 몸을 떨며 물러갔다. 다른 독마의 제자들은 얼굴을 구기며 진천을 노려보았다. 진천은 그들의 그런 시선에도 여유로운 표정이었다.

"제자 교육을 잘못시켰군, 독마."

"소마께서는 말이 지나치시오."

"감히 본인의 얼굴을 똑바로 바라보다니 건방지군. 그 눈알을 모두 뽑아버릴 것이다."

진천의 살기가 독마의 제자들에게 닿았다. 독마의 제자들이 내뿜는 기세를 압도하며 오히려 그들의 몸을 떨리게 만들었다.

독마의 제자들은 침을 꿀꺽 삼키며 시선을 피했다. 독마의 옆에 있던 여인은 안색이 파랗게 변했지만 독마가 내력을 뿜어내자 곧 안색이 좋아졌다.

"제자들의 태도를 논하기 전에 우선 소마께서는 본인의 예의를 먼저 생각해 주시는 게 맞는 것 같소만."

"호오, 내 예의? 말해보거라."

"마교에는 엄연한 법도가 있소. 다른 세력권에 들어갈 시에는 적어도 통보를 하는 것이 관례이오. 하나 소마께서는 그런 절차조차 밟지 않고 독룡각에 무단으로 침입하셨소. 이는 생사결전이 일어난다고 해도 소마께서는 어떤 발언도 하실 수 없을 것이외다."

진천은 그의 말에 부드러운 미소를 지었다.

"강자지존, 생사결전. 내가 좋아하는 말이지."

"참으로 오만하시구려."

"오만으로 보이나?"

진천이 독마를 보며 말하자 독마는 긴 숨을 내뱉었다.

진천은 식탁 위에 있는 음식들을 바라보았다. 각별히 신경을 써서 만든 음식들로 보였다. 잔치 음식이 대부분이었는데 누군가를 위한 자리인 것 같았다.

진천은 자신을 바라보는 여인에게 시선을 두었다. 진천이 여인에게로 시선을 돌리자 독마의 안색이 급속도로 나빠졌다.

"네년은 누구지?"

"인사가 늦었습니다. 소녀는……."

"내 딸이오. 소마께서 알고 계실 것으로 아오만……."

힘겹게 말을 내뱉는 여인의 말을 끊고 독마가 대신 말했다. 곽문진이 알고 있는 여인인 것 같았지만 진천이 알 리가 없었다.

"내가 알아야 하나?"

"그렇다면 소마께서 가급적 몰랐으면 좋겠소."

"재미있는 말이로군."

진천은 피식 웃으며 기세를 거두었다. 그러자 제자들이 간신히 숨을 헐떡이며 몸을 진정시키려 애썼다.

독마는 극심한 분노를 느끼고 있지만 표정에서는 그것이 드러나지 않았다. 진천은 그런 그의 성정이 마음에 들었다. 흑명과 제법 잘 어울릴 것 같았다.

"소마께서는 본인과의 생사결전을 바라는 것이오?"

"네가 나와 생사결전을 할 수 있는 수준인지 궁금하긴 하군."

"허허, 광오하고 또 광오하오."

독마는 날카로운 눈으로 진천을 노려보며 웃음을 내뱉었다.

진천은 그가 생각보다 높은 경지에 이른 고수임을 알 수 있었다.

무림맹에서의 수행이 없었다면 독마를 앞에 두고 이처럼 여유로운 모습을 보일 수 없었을 것이다.

'그래, 이 정도 고수들이 즐비하니 백도무림과 균형이 맞는 거겠지.'

무림맹, 구파일방, 오대세가. 그것과 규형을 맞추고 있는 것이 바로 마교였다.

"시장하군. 시작하기 전에 좀 대접을 받아야겠어."

독마가 식탁 위에 손을 올려놓았다. 그러자 빈 잔이 공중으로 떠올랐다. 다른 손을 휘젓자 술병에서 술이 치솟으며 빈 잔을 가득 채웠다.

술이 가득 찬 잔은 진천을 향해 천천히 다가왔다. 내력이 가득 실린 잔이었다. 보통의 고수라면 그 잔을 잡는 순간 내력 싸움이 시작될 것이다.

하지만 진천은 보통의 고수가 아니었다. 잔을 잡는 순간 독마의 내력이 순식간에 흩어졌다.

독마의 눈이 크게 떠졌다. 자신의 내력을 흩어버린 수법이 너무나 신묘했기 때문이다.

진천은 술을 들이켰다.

방금 전 그 수를 알아본 독마의 제자들은 침을 꿀꺽 삼키며 침묵을 지켰다.

진천은 태연하게 술잔을 내리며 독마를 바라보았다.

"오늘 무슨 날인가? 이런 잔치를 하고 말이야."

"소녀의 생일이옵니다."

여인은 살짝 몸을 떨면서도 강한 의지를 가지고 진천에게 말했다. 젊은 나이에 화경에 근접한 인재였지만 진천의 앞에서는 그저 나약한 여인에 불과했다.

생각해 보니 자신은 남의 생일잔치에 불쑥 난입한 불청객이었다. 그녀를 보니 황보미윤이 떠올랐다.

진천은 품에서 손바닥만 한 이빨 하나를 꺼냈다.

이무기의 독니였는데 진천에게는 그다지 쓸모가 없는 물건이었다. 독니 주제에 요사스러운 빛을 내는 것이 그다지 마음에 들지 않았던 진천이었다.

품고 있는 기운이 꽤 되기는 하나 하청단에 비할 바가 아니었다. 고독을 만들기도 애매한 수준이었다.

진천이 이무기의 독니를 꺼내자 독마와 여인은 물론이고 제자들까지 시선을 빼앗겼다.

진천은 아무렇지도 않게 여인에게 독니를 던졌다. 여인의 앞까지 날아간 독니가 그녀의 손 위에 천천히 안착했다.

"이, 이것은……?"

"오는 길에 주웠다."

여인은 떨리는 손으로 독니를 살펴보았다. 독마 역시 마찬가지였다. 독니가 무엇인지 깨닫는 순간 독마가 크게 놀라며 진천을 바라보았다.

"소마께서 이 귀한 것을 제 여식에게 주시는 이유가 무엇이오?"

"생일이라고 하지 않았나."

"참으로 이해가 안 되는 언동이구려. 오만방자하게 난장판을 만들어놓고 천하의 보물을 아무렇지도 않게 선물로 던져주니 말이오."

"저런 것이 보물로 보이나?"

"저것이 보물이 아니면 무엇이오? 천 년 묵은 이무기의 독니, 그것은 독공을 익히는 자들에게는 천하의 보배이오."

진천은 고개를 저었다.

"그깟 큰 뱀의 독니를 그렇게 취급하다니 수준이 낮군."

"천마지존께서도 그런 말을 하실 수는 없을 것이오."

하청단을 본다면 독마는 분명 기절할 것이다.

여인은 아름다운 빛을 뿜어내고 있는 독니에게서 시선을 떼지 못했다.

진천이 난장판으로 만든 자신의 생일을 이미 잊은 듯했다.

여인이 표정을 굳히고는 진천에게 독니를 다시 내밀었다.

"이런 귀한 것은 받을 수 없습니다."

"넣어둬라. 어차피 너희의 모든 것이 내 것이 될 것이다."

다시 진천의 말 한 마디에 주위가 싸늘해졌다.

"진정 생사결전을 원하는 것이오? 천마신공도 없이 진정 날 굴복시킬 수 있을 것 같소?"

"물론."

진천은 음식을 집어먹었다.

소마의 격식은 전혀 찾아볼 수 없는, 하류 잡배가 게걸스럽게 음식을 먹듯 그렇게 순식간에 접시를 비워갔다.

"너희들은 지희를 데리고 나가 있거라."

제자들은 잠시 망설이다가 자리에서 일어났다.

"아버지……."

"내 이런 일을 대비하지 못해 미안하구나."

"아니에요."

지희는 진천에게 공손하게 인사한 뒤에 제자들과 함께 밖으로 나갔다.

커다란 식탁에 진천과 독마만이 자리를 차지하고 있게 되었다.

금을 켜던 여인들 역시 물러가 주변은 너무나도 조용했다.

마빙벽 아래에는 독마의 수하들이 진을 치고 있었지만 마빙벽 위로 올라올 수 없었다.

"딸을 잘 키웠군."

"정말 소마께서는 종잡을 수 없는 인물이구려. 마본천녀에게도 이런 식으로 대했소?"

"아니."

진천의 얼굴에 섬뜩한 미소가 걸렸다.

그 미소가 너무나 공포스러워 독마조차 살짝 표정을 굳힐 정도였다.

"겁 없게도 날 죽이려 해서 평생 고통받게 만들었지."

"허허. 소문이 사실이었구려."

"자넨 어떨 것 같은가? 내가 자네를 그렇게 만들 것 같나?"

독마는 진천의 질문에 진중한 표정을 지었다.

"소마께서는 막 나가는 듯싶으나 스스로 세운 심계 안에서 움직이는 것 같소."

"심계랄 것도 없다. 그저 가까워서 찾아온 것일 뿐."

"소마께서 마교의 역사상 유례를 찾아볼 수 없을 정도로 강한 소마시라는 것은 방금 전 그 수를 보고 알 수 있었소. 하나……."

독마는 기세를 일으키며 진천을 바라보았다.

독마의 진면목이 드러나자 바닥이 울리며 접시들이 들썩였다.

"하늘 위에 하늘이 있다는 것을 오늘 알려드려야겠구려."

"천외천(天外天)이라 했나? 하늘 위에 하늘은 기껏해야 하늘에 지나지 않지. 나는 그 이상이다."

진천의 내력이 뿜어져 나오며 독마의 내력과 부딪혔다.

무형지기가 방을 휘감으며 바닥과 기둥에 균열을 만들었고 식탁의 다리를 모조리 날려 버렸다.

"네놈을 교육시키기 좋은 곳으로 안내해라."

"허허허! 내 평생 살며 소마에게 이런 취급을 받을 줄은 몰랐소. 천마지존조차 날 이리 대하지 않거늘."

"말이 많군."

진천의 말에 독마는 고개를 절래 저으며 자리에서 일어났다.

"따라오시오."

앞서가는 독마를 진천은 입가에 웃음을 지으며 따라갔다.

제3장
생사결전

독마가 진천을 데려간 곳은 마빙벽 위에 있는 연무장이었다.

마빙벽 위까지는 계단이 놓여 있기 때문에 편하게 올라갈 수 있었다. 마빙벽 위에 올라서자 마교가 한눈에 내려다보였다.

마빙벽의 연무장은 제법 괜찮았다. 냉기가 계속해서 치밀어 올랐기에 웬만한 고수가 아니고서는 이곳에서 연공을 할 수가 없는 것이 단점이라면 단점이었다.

그러나 진천과 독마에게는 한기 따위는 전혀 문제가 되지 않았다.

"제법 좋은 곳이군."

진천은 솔직한 감상을 내뱉었다. 제법 운치가 있는 곳이라 마음에 들었다. 독룡각의 위치도 마음에 들었지만 이 마빙벽은 볼수록 탐이 났다.

"딸아이의 생일날 이런 일이 일어날 줄은 몰랐소."

"기억에 남는 생일이 되겠군."

진천에게는 전혀 미안한 기색이 없었다.

독마는 천천히 전신내력을 개방했다. 마본천녀보다 한 수 위의 실력답게 독마의 내공은 방대했다. 더욱 무서운 점은 독공을 다룬다는 점이었다.

독공은 한 수 위의 상대까지 상대할 수 있다는 것이 정설이었다. 방대한 내공과 독마의 독공이 합쳐진다면 엄청난 위력을 발휘할 것이 명백했다. 그렇기에 그가 마교의 고수로서 이름을 날리고 이런 세력을 가질 수 있는 것이었다.

'대단하군.'

흑명은 상대도 되지 않는 수준이었다. 진천의 세력 중에 독마를 상대할 수 있는 자는 흑천 뿐이었다. 하청단을 소화한 흑천이 혼기를 본격적으로 사용한다면 독마와 좋은 승부를 볼 수 있을 것이다.

"본인의 독은 만독불침의 위에 있소. 각오하는 것이 좋을 것이오."

독인(毒人)을 뛰어넘은 것이 바로 독마였다.

현경에 이르게 되면 기본적으로 만독불침을 이룰 수 있게 되는데 독마의 극마지천신공(極魔之天神功)은 그런 만독불침조차 무색하게 만드는 위력을 자랑했다.

호신강기를 녹이고 혈맥을 단번에 타게 만드는 치명적인 독공이었다.

"홍미롭군. 어디 보여봐라."

독마는 진천을 경시하는 마음이 전혀 없었다. 독룡각에서 보여주었던 그 기세만으로 진천이 대단한 경지에 이르렀음을 이미 알고 있었다. 들리는 소문에 의하면 혈마지체를 완성했다고 한다.

'하나 경험은 미숙할 터.'

무공의 경지가 높을 수는 있으나 소마는 아직 경험이 많이 없었다.

독마는 그렇게 생각하며 극마지천신공의 마독강(魔毒剛)을 펼쳤다.

독기로 이루어진 강기는 지독한 독연을 뿜어내고 있었고 닿는 것만으로도 철이 녹고 신체가 부식되어 버리는 무시무시한 극독이었다. 호신강기 따위로 방어를 하려고 했다가는 혈맥이 모두 녹아버릴 것이다.

독마는 진천이 핏빛 호신강기를 펼치자 자신의 수가 먹혔음을 확신했다. 내공만 믿고 날뛰다가 자신의 독에 무릎을 꿇을 것이 분명했다.

독마는 그렇게 생각하며 손을 휘저어 마독강을 진천에게 쏘아 보냈다. 수십 개의 마독강이 소나기처럼 진천의 몸을 강타하기 시작했다.

진천은 늘 그렇듯 여유롭게 서서 마독강을 맞이했다. 혈마신공으로 일으킨 호신강기가 파훼되며 독이 몸에 닿았다. 진천의 옷 소매가 부식되며 사라지고 있었다.

마독강이 터져 나가며 내뿜는 독무가 진천의 주변을 휘감았다.

"해독할 수 없을 것이오. 자신의 미숙함을 탓하게나."

독마가 고개를 설레 저으며 등을 돌리려 할 때였다.

"네놈의 미숙함이겠지."

독마의 몸이 움찔했다. 진천이 손을 휘젓자 독무가 순식간에 사라졌다. 진천은 여전히 아무렇지도 않은 표정으로 서 있었다. 독에 당한 기색은 전혀 존재하지 않았다.

그것은 당연했다. 진천의 몸에 들어온 독마의 독은 혼기에 의해 잡아먹히며 사라졌다.

독이 아무리 강해도 어차피 순리를 벗어나지 못했다. 그렇다면 진천의 혼기를 결코 이길 수 없었다.

"혈마지체 때문이오?"

"그저 네 독이 약할 뿐이다."

"허허허!"

독마는 진천의 말에 크게 웃었다. 자신이 평생 동안 이룩한 것이 하찮은 취급을 받았음에도 웃을 수밖에 없었다.

눈앞의 소마에게 자신의 독이 통하지 않았음은 분명한 사실이니 말이다.

진천은 사라진 옷소매를 바라보며 혀를 찼다. 마음에 드는 옷이었는데 훼손되니 아깝게 느껴졌다.

"그럼 나도 한 수 보여줘야겠군."

"오시오."

진천이 혈마신공을 운용하며 내력을 개방하자 핏빛 강기가 휘몰아쳤다. 엄청난 내력의 기세에 독마의 표정이 굳었다.

방대한 내력을 지녔다고 생각했지만 이 정도인 줄은 몰랐기 때문이다. 하나 이 정도도 진천이 조절을 한 것이었다.

진천의 손에 혈마강탄이 떠올랐다.

붉은 구를 형성하며 엄청난 기세를 뿌리고 있는 혈마강탄은 독마에게 경각심을 심어주었다.

"받아봐라."

진천이 가볍게 혈마강탄을 독마를 향해 던졌다.

혈마강탄은 이기어검의 묘리가 섞여 있어 그 움직임이 너무나도 자유로웠다. 마빙벽의 바닥마저 분쇄하며 뻗어오는 혈마강탄을 바라보던 독마는 내공을 일으키며 혈마강탄을 향해 두 손을 뻗었다.

콰가가가가!!

독마의 손에 솟아 있는 마독강과 혈마강탄이 부딪혔다.

충격파가 주변으로 뻗어나가며 연무장에 세워져 있는 얼어붙은 병장기를 박살 냈다. 혈마강탄이 독마의 막대한 내력이 들어간 마독강에 의해 흩어지는 것이 보였다.

진천은 독마가 혈마강탄을 막아내는 것을 보고 작게 감탄했다. 수라역천신공을 운용했다면 저 두 손이 날아갔겠지만 혈마신공 자체는 완벽하게 방어해 낸 것이다.

"그걸 막다니 헛살지는 않았어."

"혈마기 자체도 독기로 해석할 수 있으니 말이오."

"새로운 관점이군?"

독마에게는 혈마기의 특성이 먹히지 않는 것으로 보였다. 진천이 독에 별다른 영향을 받지 않는 것처럼 말이다.

"혈마지체를 이룬 소마께서 독에 아무런 영향을 받지 않은 것처럼 본인 역시 그러한 것 같소만."

"쉽게 끝내려고 했는데 귀찮게 되었군. 약한 주제에 귀찮은 술수를 익혀가지고 말이야."

"허허허, 본인 역시 소마께서 지니신 실력에 놀랐소. 광오하다고 했던 말은 사과하리다."

진천과 독마가 서로를 마주보며 웃었다. 이제 무공의 위력과 이해, 그리고 경험의 싸움이었다.

경험 면에서는 독마는 결코 진천을 압도하지 못했다. 진천은 수많은 비급을 익히며 비급이 지닌 모든 초식에 대한 경험을 쌓았다. 마음가짐 역시 누구보다도 완벽했다.

독마가 자세를 잡으며 진천을 바라보았다. 진천은 그저 너덜너덜해진 소매를 뜯어버리고는 독마를 바라볼 뿐이었다.

허점투성이인 진천의 자세에도 독마는 쉽게 선공을 할 수가 없었다.

진천은 피식 웃으며 손을 들었다.

"와라."

진천이 그렇게 말하는 순간 독마의 신형이 사라졌다. 독마의 움직임은 진천의 예상보다 더 빨랐다.

그저 독공에만 자신이 있을 줄 알았는데 모든 면에서 대단한 경지를 자랑하고 있는 것이다.

이형환휘를 뛰어넘는 속도로 진천의 앞에 도달한 독마가 진천을 향해 권장을 펼쳤다. 극마지천신공을 통해 발휘되는 마독장은 소림의 백보신권에 비등하는 위력을 보여주고 있었다.

진천은 호신강기가 파훼되는 것을 본 순간 독마의 권장을 향해 주먹을 뻗었다. 혈마권강과 마독장이 부딪혔다.

콰가가가가!

독마의 공격은 그것이 끝이 아니었다. 첫 수에서부터 시작된 공격은 매섭게 진천을 향해 퍼부어졌다.

진천의 주요 혈맥을 노리며 회피 가능한 모든 공간을 장악하며 펼쳐오는 마독장은 가히 권장 중에서 일절이라 불러도 손색이 없을 정도였다.

진천은 그런 무수한 권장을 하나하나 모두 쳐내며 방어했다. 언제나 우뚝 서 있던 진천의 신형이 몇 발자국 뒤로 밀려났다.

치이이익!

진천의 옷이 독기에 타들어가고 여기저기 생채기가 생겼다. 진천은 혈마신공을 통해 삼재권법을 운용하여 방어초식을 전개하고 있었다.

삼류무공에 불과한 삼재권법이 진천의 손에서 펼쳐지자 마치 철벽처럼 느껴지는 거대한 벽이 되었다.

한기가 치솟고 있는 바닥에 균열이 생기며 여러 조각이 치솟았다. 마독장에서 뿜어져 나오는 독에 마빙벽의 조각들이 녹아내리고 있었다.

쾅! 콰가가가가!

독마가 그 자리에 우뚝 서며 진천을 향해 엄청난 속도로 권장을 뿜어냈다. 수십 개에 달하는 마독장이 파도가 되어 진천을 향해 뻗어왔다.

극마지천신공(極魔之天神功) 마독장(魔毒掌).

독파천하(毒波天下).

진천의 시야를 마독장으로 이루어진 파도가 가득 메웠다. 그 안에서 독들이 헤엄치고 있었다. 하늘과 지상, 그리고 팔방을 모두 메워 버리며 진천에게서 빛을 앗아갔다. 삼재 권법의 방어초식으로는 도저히 막을 수 없는 수법이었다.

진천의 얼굴에 미소가 서렸다.

진천은 혈마신공을 운용하며 수라권법의 한 수를 펼치기 시작했다.

수라역천신공이 바탕이 되지 않아 위력이 크게 떨어져 수라권법이라 부를 수는 없었다. 대신 수라권법에 사파의 권법을 담아 혈마신공과 즉석에서 결합하였다.

임기응변에 가깝지만 진천은 이미 무수한 비급을 깨닫고 있었다. 진천 자체가 비급이라 봐도 무방했다.

수라권법(修羅拳法) 혈마우(血魔雨).

독마의 독파천하를 향해 진천의 혈마권강이 뻗어갔다. 오로지 단 한 점을 노리는 혈마권강이 독파천하에 닿는 순간 하늘로 치솟았다.

타다다다다!

치솟은 혈마권강에서 핏빛 기류가 뿜어져 나오더니 무수한 강기다발이 형성되기 시작했다. 강기다발은 독파천하를 소나기가 내리는 것처럼 휩쓸어 버리며 독마에게 뻗어갔다.

내리는 비를 피할 수는 없었다. 연무장의 하늘을 가득 채우며 내리는 피의 비는 거대한 자연 그 자체를 보는 것 같았다. 독마는 독파천하가 깨져 버린 것조차 잊은 채 혈마우를 바라보며 크게 감탄했다.

'이런 수법이 있을 줄이야.'

독마의 호신강기가 맥없이 파괴되며 핏빛 강기다발이 쏟아져 내렸다. 팔 하나 정도는 내어줄 각오로 내력을 전력으로 개방하며 방어초식을 펼쳤다.

콰가가가가가!

연무장의 모든 것이 핏빛 강기에 휩쓸려 버렸다. 세워져 있던 병장기도, 작은 정자도 모조리 박살 나며 사방으로 날렸다. 이곳에 독마의 제자들이 있었다면 모두 죽음을 면치 못했을 것이다.

방어초식을 전개하려던 독마는 그러지 못하고 우뚝 서 있었다. 그의 주변 바닥은 모두 거대한 구멍이 뚫려 있었다. 하나 그가 서 있는 바닥은 멀쩡했다. 어떤 공격도 이루어지지 않은 것이다.

독마는 진천이 손을 내리는 것을 본 순간 진천이 자신을 일부러 빗겨가게 했다는 것을 깨달았다.

"무슨 수법이오?"

"혈마우."

"허허, 그 수많은 강기다발을 모두 조종할 수 있었던 것이오? 대단하시구려."

"더 할 텐가?"

진천이 그렇게 묻자 독마는 진천의 눈을 바라보았다. 진천의 눈은 고요하게 가라앉아 있었다. 그 속에서 절대자의 위엄을 발견할 수 있었다.

"혈마신공이 다가 아니구려. 알려줄 수 없겠소?"

"내 수족이 아닌 이상 알려줄 필요는 없지."

진천은 그렇게 말할 뿐이었다. 독마는 긴 숨을 내쉬며 고개를 숙였다.

"졌소. 혈마우를 제대로 막을 방도가 보이지 않는구려. 소마께서는 더 좋은 수를 숨기고 계시니 본인의 필패이오."

"나에게 복종하겠나?"

독마는 잠시 침묵을 지키다가 진천을 바라보았다.

"그것은 마교의 소마를 따르라는 말이오? 아니면 내 눈앞에 있는 사내를 따르란 말이오?"

"네 생각은?"

"후자가 아니겠소? 마교의 법도로 본인을 굴복시키려 했다면 혈마우를 거두지 않았을 것이오. 그러나 온전하게 본인을 거두려는 까닭은 본인의 모든 것이 필요해서가 아니오?"

"하하하!"

진천은 크게 웃었다. 독마는 정말로 대단한 자였다. 혈마신공만으로 계속 싸웠다면 진천은 그를 제압할 수 없었을 것이다.

천미지존이나 무림맹주 정도는 되어야 자신으로 하여금 수라권법을 꺼내게 할 줄 알았건만 자신의 착각이었다.

"그래서 네 대답은?"

"전자는 가능하겠으나 후자는 불가하오. 마교인으로서 마교의 법도를 따를 수 있으나 진정한 주군를 모시는 것은 개인의 법도를 따라야 하기 때문이오."

"호오? 그 말은 천마지존에게조차 마교의 법도로서만 따른다는 말인가?"

"그렇소."

"재미있군. 그래, 자네를 얻으려면 어떻게 해야 하지?"

진고독을 쓴다면 가능성이 있었지만 저렇게 완고한 정신을 무너뜨릴 수는 없을 것이다.

진천은 온전한 독마를 가지고 싶었다. 혼기를 쥐어주어 더욱 그의 독공을 수족으로 삼고 싶었다.

"말해보거라. 무엇을 원하는가."

"내 유일한 혈육은 내 딸아이 뿐이오."

진천은 독마가 원하는 것을 알 것 같았다. 그는 후계 싸움에 그의 딸이 말려드는 것을 원치 않고 있던 것이다.

"내 딸아이는 이미 둘째 소마를 주군으로 모시고 있소. 둘째 소마께서는 후계 싸움에 관심이 없는 듯하나 첫째 소마는 다를 것이오. 본인이 어느 세력에도 힘을 빌려주지 않은 이유가 바로 그것 때문이오."

둘째 소마는 곽문진의 누이, 곽수린을 말하는 것이었다.

그녀와 곽문진은 같은 어미를 둔 친남매였다. 그녀가 세력을 이루고 있기는 하나 곽사준이 마음만 먹는다면 그녀가 무너지는 것은 순식간일 것이다.

"게다가 첫째 소마께서 내 딸아이에게 관심이 지극히 크오."

"재미있군."

독마가 힘을 보태준다고 하더라도 버티는 것이 고작일 것이다.

독마는 곽사준과 곽수린 사이에서 아슬아슬하게 균형을 맞추며 딸을 보호해 왔다.

만약 진천에게 독마의 세력이 흡수된다면 곤란한 상황이 일어날 수도 있었다.

독마의 딸은 수린과 제법 가까운 관계인 것 같았다. 그녀가 무너진다면 독마의 딸도 무너질 정도로 말이다.

"원하는 것을 알겠다. 내가 내 누이를 거두도록 하지. 그 후 네 딸의 안전을 보장해 주도록 하마. 원한다면 마교 밖으로 내보내 줄 수도 있다. 마교의 법도를 넘어서 말이야."

"진정 그렇게 해줄 수 있소?"

"내가 천마지존이 되면 그 정도도 못 해줄까."

독마는 딸아이만큼은 평범하게 살게 하고 싶었다. 하지만 그러기엔 마교는 너무 삭막했다.

"오늘의 승부는 비긴 것이다."

독마는 진천을 놀란 눈으로 바라보았다. 진천이 이겼으니 독마는 진천을 따를 수밖에 없었다.

주군으로 모시는 것은 아니었지만 마교의 법도로 인해 그에게 명령을 받아야만 했다. 하지만 눈앞의 소마는 자신을 위해 그런 권리를 포기했다.

"본인을 위해 마교의 법도로 지배할 권리를 포기하겠다는 것이오?"

"네 세력 따위는 관심 없다. 나는 오롯이 너를 수족으로 삼기를 원한다."

"허허허. 세력보다 인간이라… 마교가 아닌 더 큰 그림을 보고 계시는구려."

진천은 웃고 있는 독마를 바라보았다.

"기다리고 있거라. 금방 오도록 하지."

독마는 아무런 말없이 진천에게 깊게 고개를 숙였다. 진천이 지나치자 독마는 고개를 들어 진천의 뒷모습을 바라보았다. 진천의 뒷모습은 천마지존보다 더 거대하게 느껴졌다.

진천은 독룡각으로 내려오며 앞으로 할 일을 생각해 보았다.

독마의 세력은 지금이라도 얻을 수 있었지만 그렇게 되면 독마를 수족으로 삼기는 힘들 것이다. 무림맹을 박살 내기 위해서는 독마의 힘이 필요했다.

진천이 독룡각을 빠져나가려는 때 독마의 딸인 지희가 보였다.

진천이 멀쩡한 모습으로 나타나자 그녀의 얼굴에 슬픔이 스며들었다. 독마가 진천에게 당했다고 생각하는 모양이었다.

"독마는 위에 있다."

"그, 그럼……."

진천은 그대로 등을 돌렸다. 곽문진과 무슨 인연이 있든 간에 딱히 신경 쓸 필요는 없을 것이다.

'곽문진의 누이인가.'

천마지존은 대대로 남자였다. 게다가 그녀는 후계에는 관심이 없었기에 곽사준과 곽문진의 싸움으로 굳어진 것이다.

같은 소마를 아래에 둔다는 것은 후계와 더욱 가까워진다는 말이 되기도 하였다.

곽사준은 곽수린을 노리고 있을 것이 분명했다.

곽문진의 기록에서 보면 곽문진과 곽수린의 사이는 그럭저럭 괜찮았다.

곽문진이 병을 앓자 제일 먼저 약을 보내준 것도 곽수린이었다. 곽수린은 여자였기에 마본천녀의 마수에서 벗어날 수 있었지만 곽문진은 아니었다.

'죽은 곽문진을 위해서 조금은 잘해줘야겠군.'

이런 기회를 준 곽문진이었다. 자신에게 반항하더라도 목숨을 거두지는 않을 생각이었다. 진천은 그녀를 그저 세력을 흡수하는 선에서 놔줄 생각이었다.

'하나 천마지존은 죽여야겠지.'

진천은 그것까지 양보할 생각은 없었다.

천마지존은 현문대사를 죽인 원흉이기도 했다. 또한 희연이를 숨어 살게 만든 원수였다. 천마신공을 얻고 천마지존이 필요가 없어진다면 과감히 제거할 생각이었다.

진천은 섬뜩한 눈빛을 지우며 여유롭게 걸음을 옮겼다.

제4장
마희소(魔姬所)

독마와 곽문진이 비겼다는 소식이 마교를 뜨겁게 달구었다. 독마는 교내 서열 8위에 오른 강자였다.

천마지존은 부동의 절대자였고 천마호위단이 교내 서열 1위에서 4위까지를 맡고 있었으니 세력을 이루고 있는 인물 중에서 실질적으로 독마보다 강한 자는 셋뿐이었다.

10위로 평가받는 마본천녀를 꺾고 독마와 동수를 이루었으니 마교인들은 벌써부터 곽문진에게 마음이 쏠리고 있었다.

강한 자가 후계를 이어야 된다고 생각하는 것이 일반적이었다. 일이 이렇게 되니 곽사준은 애가 탈 수 밖에 없었다.

그는 소마 중에서 가장 강대한 세력을 지니고 있었지만 본신 무력이 곽문진보다 약하다는 평가를 받고 있었다.

천마신공을 익힌다면 해결될 문제였지만 마교인들은 벌써부터 곽문진이 천마신공을 익혀 중원의 절대자가 되는 것이 아니냐는 말들을 내뱉고 있었다. 그런 말을 지껄이는 놈들을 그 자리에서 죽여 버린 곽사준이었다.

곽사준은 현재 독마를 만나기 위해 독룡각에서 기다리고 있었다.

약속을 일방적으로 통보한 후에 찾아온 곽사준이었다. 그래서인지 독마는 오랜 시간이 지나도록 나타날 생각을 하지 않았다.

'내가 독마를 끌어들인다면 곽문진은 내 아래가 되는 것이지.'

곽문진이 독마와 결투를 벌인 이유는 독마의 세력을 흡수하기 위해서일 것이다. 그가 마본궁과 인접한 독마의 세력을 흡수한다면 곽문진을 세력으로서 압도하지 못하게 된다.

'독마… 이놈이…….'

오랜 시간 동안 기다리게 하는 독마를 떠올리며 곽사준은 이를 갈았다. 그의 수하들 역시 불편한 기색을 내비치고 있었다.

'소교주가 된다면 이 치욕을 반드시 갚게 하리라! 일단 독마

의 딸부터…….'

곽사준의 일그러진 얼굴이 점점 펴지며 미소가 서렸다.

소교주가 된다면 제일 먼저 그녀를 취할 것이다.

곽수린과 의자매를 맺고 호위 무사로서 있기는 하지만 소교주가 된다면 천마지존을 제외하고 아무도 자신의 뜻을 거스를 수 없었다.

천마신공을 전수받고 예비된 영약을 섭취한다면 독마라 할지라도 자신을 막지 못할 것이다.

이미 오랜 시간 기다렸지만 한 시진을 더 기다리자 방문이 열리며 독마가 모습을 드러냈다.

"용무가 바빠 늦었소."

"그러시겠지요. 이해합니다."

독마가 들어오자 커다란 방이 가득 찬 것 같은 착각이 일었다.

곽사준은 식은땀을 흘렸다. 독마의 기백은 이미 그를 압도하고 있었다.

독마에게 찾아온 것은 이번이 처음이었다. 독마를 설득하고 상대하는 일은 마본천녀가 맡고 있었기 때문이다.

독마는 자신의 기백에 눌리는 곽사준을 보며 실망을 금치 않을 수 없었다.

'결국 마본천녀가 감싸고 돈 소인배에 불과하지.'

그에 비해 곽문진은 천마지존에 어울리는, 아니, 그것을 능가할 수 있는 대단한 고수였다. 딸아이가 없었더라면 그 자리에서 무릎을 꿇고 주군으로 모시고 싶어질 정도였다.

그가 보여준 한 수는 그야말로 충격적인 것이라 한동안 잠을 이룰 수 없을 정도였다. 게다가 곽문진은 단 한 수만을 보여주었을 뿐이다.

"소마께서는 어인 일로 오셨소?"

"마교 극강의 고수이신 독마 원로님을 찾아뵈어 마교의 미래를 위해 이야기를 나누고 싶어서입니다."

"꽤나 듣기 좋은 말만 하시는구려."

독마가 그렇게 말하자 곽사준은 웃음을 지으며 손을 들었다. 그러자 그의 뒤에 있던 수하가 아름다운 양각이 새겨진 상자를 곽사준의 앞에 내려놓았다.

"얼마 전 지희 소저의 생일이었다고 들었습니다. 이건 약소하지만 선물입니다."

곽사준이 자신 있게 상자의 뚜껑을 열었다. 상자 안에는 독공을 익힌 자라면 누구나 탐을 낼 극독들이 들어 있었다.

마본천녀가 곽사준을 위해 세외까지 가서 구해온 독이었다. 그러나 독마의 표정은 변함이 없었다. 오히려 시큰둥해 보일 정도였다.

"마음에 안 드십니까?"

"셋째 소마께서는 천 년 묵은 이무기의 독니를 가지고 오셨소."

"무, 무슨?!"

독마는 품에서 독니를 꺼냈다. 지희가 자신이 감당할 수 없는 물건이었기에 독마에게 보관해 달라 부탁한 것이었다. 그녀의 경지가 좀 더 오르게 되면 독니를 사용하여 수련에 임할 수 있을 것이다.

아름다운 빛을 내는 독니를 본 순간 곽사준과 그의 수하들은 말을 잃은 채 멍하니 독니를 바라보았다.

독마가 다시 품에 독니를 넣자 탄성이 뿜어져 나왔다.

"그, 그걸 곽문진, 그놈이 주었단 말입니까?"

"그렇소. 길가에 돌멩이를 던지듯이 아무렇지도 않게 던져주었지."

"그럴 수가!"

곽사준은 자리에서 벌떡 일어났지만 다시 자리에 앉았다.

"그런 쓸모없는 것은 도로 가져가시오."

"크흠……."

독마에 말에 곽사준이 손짓하자 수하가 앞으로 나오며 상자를 회수해 갔다.

"아, 아무튼 원로께 할 말이 있습니다."

"생사결전을 원하시오?"

"그럴 리가 있겠습니까? 지금까지 우리의 관계보다 더 진일보한 관계를 원하고 있습니다. 제가 소교주가 된다면 원하시는 모든 지원을 약속해 드리겠습니다."

독마는 곽사준의 말에 웃음을 지었다. 곽사준도 독마의 웃음을 보고 진한 미소를 지었다.

"거절하겠소. 지금 상태로 만족하오."

"그럼 그렇게 알… 무, 무슨 소리를 하시는 것입니까? 이런 기회를 날려 버리실 생각이십니까?"

"정 본인의 마음을 돌리고 싶으시다면 나를 꺾어 강함을 증명하시오."

"크흠……."

곽사준은 얼굴을 일그러뜨렸다. 곽사준이 독마와 붙어 이길 확율은 없었다. 곽사준은 아직 현경에 도달하지 못해 독마가 마음만 먹는다면 한 수에 곽사준을 죽일 수 있었다.

"제 세력을 적으로 돌리실 생각이십니까?"

"분명 소마께서 지니신 세력은 강대하오. 그러나……."

독마는 곽사준을 노려보았다.

곽사준과 그의 수하들은 독마의 기세를 감당할 수 없었다.

"그것을 빼면 무엇이 남겠소?"

"……."

곽사준은 주먹을 꽉 쥐었다. 무공은 천마신공을 익히면 그만이다. 지금은 자신의 세력을 확대하는 것이 가장 중요하다고 생각하고 있었다.

하지만 지금 세력으로 곽문진을 압살하려던 생각이 조금씩 허물어지고 있었다.

"죄송하게 되었소. 이만 물러가 주셨으면 하오."

"제 제안은 언제까지나 유효합니다. 마음을 돌리시거든 연락주십시오."

독마는 고개를 살짝 숙이고는 그대로 방 밖으로 나갔다.

곽사준은 독마가 나가자마자 얼굴을 크게 일그러뜨렸다.

"곽문진… 네놈이 끝까지 날 방해하는구나!"

찢어죽일 천한 자식이 감히 소교주의 자리를 노리고 있었다. 곽사준은 분노를 감추지 못하며 독룡각을 나왔다.

"주군."

"뭐냐!"

"지희 소저가 마희소(魔姬所)에 복귀하였다고 합니다."

곽사준은 그 자리에 우뚝 섰다. 독마의 마음을 돌릴 방도가 떠올랐기 때문이다. 독마가 딸을 지극히 사랑한다는 것은 마교인들이 다 아는 사실이었다.

'수린, 그년을 내 세력으로 흡수한다면 독마의 딸 역시 내 것이 되겠지. 그렇다면 독마 역시 지금과 같이 나를 대하지 못할 터.'

곽수린의 세력은 신경이 쓰일 정도이기는 하나 지금 자신의 세력이라면 능히 압살할 수 있었다.

곽사준은 곽문진이 돌아온 후 마교를 돌며 계속해서 세력 확장을 해왔기 때문이 더욱더 자신이 있었다.

마본궁이 곽문진의 손에 들어간 것은 안타까웠지만 그래도 그것을 보완할 수 있는 검마와 동맹관계를 맺었다.

검마는 천마신공에 있는 일부 초식을 조건으로 그를 지원하겠다고 약속을 한 상태였다.

'검마는 곽수린과 앙숙이었지.'

검마를 이용하고 지원한다면 손쉽게 곽수린을 굴복시킬 수 있을 것이다. 지금까지 독마와의 균형 때문에 손을 대지 않았는데 이제는 상황이 달라졌다.

독마가 곽문진에게 마음이 있는 것을 확인한 이상 빠르게 손을 써야 했다.

"검마에게 간다."

"존명!"

곽사준은 비릿한 웃음을 지었다. 곽문진이 혈마신공을 익히든 혈마지체를 완성했든 상관없었다. 어차피 자신의 강대한 세력 앞에 무릎을 꿇게 되고 목이 베어질 것이다.

* * *

독마와의 대결을 마친 후 진천은 마본궁으로 돌아와 곽수린에 대한 정보를 모았다.

곽사준이 독마를 만나러 간 것이 귀에 들어오자 진천은 피식 웃었다.

진천이 붙여놓은 수하들은 자신도 모르는 사이에 곽사준에 대한 정보를 진천에게 전해주었다.

본인들 기억에 없으니 추궁을 당하더라도 발설할 염려가 없었다. 그들은 자신들이 곽사준의 충신이라고 믿고 있으니 말이다.

"주군, 오늘따라 기분이 좋아 보이십니다."

"열심히 뛰어다니는 개를 보는 것도 나쁘진 않군."

흑명의 말에 진천은 웃으며 그렇게 말했다. 진천은 마본궁에서 편한 시간을 보내고 있었다.

월영쌍희와 십마화가 극진한 태도로 진천을 모셨고 진천은 손가락 까딱하지 않고 모든 것을 할 수 있었다.

"주군, 어깨를 주물러 드리겠사옵니다."

"과일 좀 드시지요."

월영쌍희가 진천의 옆에 붙었다. 시원하게 어깨를 주무르고 달콤한 과일을 입에 넣어주니 황제 부럽지 않았다.

십마화의 시선도 있고 하니 충실하게 소마를 연기하고 있지만 조금은 즐기는 마음이 되었다. 수련을 통해 마음이 깨어난 영향인지도 몰랐다.

'이래서 가진 자들은 권력을 내려놓기 힘들지.'

그리고 더 가지기 위해 전쟁이 일어나는 것이다. 마교의 소마라고 해도 다를 바가 없었다.

"슬슬 움직여야겠군."

조금 여유를 부린 감이 없지 않아 있었지만 지금 움직이는 것이 최적이었다.

"저희도 뒤에서 돕겠습니다. 윤허하여 주시옵소서."

"방해가 되지 않게 행동하겠습니다."

진천이 자리에서 일어나자 월영쌍희가 부복하며 그렇게 말했다.

"그것도 나쁘진 않겠지. 다만 나와는 따로 움직인다."

"존명!"

"존명!

월영쌍희는 진천에게 도움이 되는 것만으로도 무한한 기쁨을 누리고 있었다. 진천의 말에 십마화도 회심의 미소를 지었다. 자신들의 가치를 증명할 기회가 왔기 때문이다.

"흑명."

"예, 주군."

"내가 없는 동안 마본궁을 맡도록."

"존명!"

진천은 천천히 걸음을 옮겼다. 마화대는 모두 무릎을 꿇으며 진천을 배웅했다. 마화대는 흑명과 월영쌍희의 영향으로 더욱 전력이 상승해 있었다. 흑명과 월영쌍희가 직접 마화대를 훈련시켰기 때문이다.

물론 목숨을 걸고 수련을 하고 있는 진살대와는 비교할 수 없었다. 진살대는 이미 진천의 수족이었으나 마화대는 십마화처럼 그저 마교의 법도에 따라 진천을 따르는 것에 불과했다.

진천은 독마의 세력을 흡수한 후 좋은 인재만을 골라 수족으로 삼을 생각이었다.

'스승님과 나에게 했던 것처럼 철저하게 부숴주지.'

권력, 명예, 부.

그들이 가진 모든 것을 빼앗을 것이다.

진천은 마본궁에서 나와 마희소로 향했다.

마교에서의 동(洞)은 궁보다 한 단계 낮은 곳으로 보통 소마라면 궁이 붙겠지만 곽수린의 세력은 궁이 붙을 정도로 크지 않았다.

마교 내에서도 외곽 지역으로 가장 쓸모없는 곳에 위치해 있었다.

마본천녀의 술책인지 뭔지는 모르겠지만 어쨌든 소마라는 신분답지 않았다.

'하긴, 곽문진도 내가 오기 전에는 저택 하나가 전부였지.'

그나마 곽수린은 마희소라 이름 붙인 곳을 가지고 있었지만 곽문진은 그것조차 없었다.

'곽수린에게 가는 것을 들키면 안 되겠지.'

마본궁을 나서자마자 따라붙는 감시가 느껴졌다.

진천이 고독으로 제압한 자들 외에 더 많은 자가 진천을 감시하고 있었다.

곽사준이 얼마나 진천을 경계하기 시작했는지 보여주는 대목이었다. 그래봤자 의미 없는 발버둥이었다.

본신 무공이 약한 곽사준은 정면에서 자신을 치기 꺼려할 것이다. 일이 수틀려 자신과 일대일로 맞붙게 될 수도 있었기 때문이다.

진천은 피식 웃으며 그 자리에서 벗어났다.

진천을 감시하는 자들은 진천의 움직임을 볼 수조차 없었다. 진천이 기척을 지우자 그들은 진천을 완전히 놓쳐 버렸다.

진천은 빠른 속도로 경공을 전개하며 달려 나갔다. 지붕과 지붕을 가볍게 넘으며 마교의 하늘을 갈랐다.

마희소의 위치는 알고 있었다. 거대한 분지의 가장자리에 있는 동굴을 통과해야 나오는 곳이었다.

마교의 주요 인사들이 분지 안에 세력을 형성한 것과 대조적인 자리였다. 그녀가 일부러 그곳으로 옮겼다고 하니 자신은 후계 싸움에 관심이 없다는 것을 행동으로 알려준 것이다.

분지는 하나의 도시만큼이나 넓어 경공을 한동안 전개해야 했다. 강한 자를 숭배하는 마교답게 마교를 이루고 있는 자들은 다양했다.

중원인들 뿐만 아니라 세외에서 온 자들까지 상당했기에 독특한 문화를 보여주고 있었다.

폐쇄적인 마교에서 오랜 세월을 거쳐 독특하게 발달한 것이다. 때문에 마교의 풍경은 중원의 그 어느 곳과도 달랐다.

이런 복잡한 곳이 천마지존라는 이름 아래 하나로 통일되어 있다는 것이 제법 신기하게 느껴졌다.

마교에 편견이 있었던 것은 사실이었다.

백도무림에서는 마교에 대해 기본적으로 두려움을 가지고 있었고 그 두려움은 괴이한 소문을 만들어냈다. 사람을 먹는다느니, 산 채로 해부를 한다느니 말이다.

'백도무림과 다르지 않아.'

약한 자가 잡아먹히는 것은 어딜 가나 똑같았다. 오히려 백도무림이 더 교활하게 느껴질 때도 있었다. 결국 사람이 사는 곳이었다.

진천은 피식 웃다가 마희소에 이르자 바닥에 내려섰다. 워낙 조용히 내려섰기에 진천의 기척을 감지한 자는 존재하지 않았다.

마희소로 가는 입구가 보였다.

'허술하군.'

마희소 앞을 서성거리고 있는 자들도 있었지만 곽수린의 수하는 아닌 것 같았다. 보초를 서는 것 같지는 않았고 진천이 보기에는 그들은 단순히 시간을 죽이고 있을 뿐이었다.

그들의 경지 자체도 떨어졌다. 잘 해봐야 백도무림의 후기지수 정도였다. 절정을 이루기는 했으나 마교 안에서 쓰이기에는 부족한 면이 있었다.

'곽사준이 왜 곽수린을 신경 쓰지 않았는지 알 것 같군.'

언제든 없애 버릴 수 있는 곳이었다. 그리고 소마라는 신분이었기에 어떤 식으로든 쓸모가 있을 것이다. 곽문진이나 곽수린이나 결국 곽사준에게 처절하게 당할 운명이었다.

곽문진은 이미 곽사준에게 죽었으니 다음은 곽수린이 고통받을 차례였다. 진천이 이 자리에 있으니 곽사준의 마음대로 되지는 않을 테지만 말이다.

쉬익!

진천의 몸이 사라짐과 동시에 그들을 지나쳤다. 그들은 진천이 마희소의 입구에 들어선 것을 알아차리지 못했다.

그럭저럭 괜찮게 만들어진 입구치고는 통로는 비좁았다. 횃불조차 놓여 있지 않아 빛이 하나도 없었지만 진천은 무리 없이 앞으로 나아갔다.

어둠은 장애가 되지 않았다. 대낮처럼 보이지는 않더라도 무리 없이 사물을 식별할 수 있었다.

샤악!

진천이 고개를 살짝 틀자 커다란 창 하나가 스치고 지나갔다. 기관진식이 설치되어 있었다.

진천은 벽에 박힌 창을 만져보았다. 창은 투박했지만 최근에 만들어진 것처럼 깨끗했다.

벽과 바닥을 자세히 보니 기관진식뿐만 아니라 진법의 모습 역시 보였다. 감각을 속이는 진법으로서 기관진식과 함께 쓰여 효과를 극대화시킨 것이었다.

"제법이군."

그럭저럭 괜찮은 수법이었다. 좁은 통로인 것을 생각해 보았을 때 쉽게 접근할 수 없을 것이다.

여러 가지 함정이 설치되어 있었지만 진천은 여유로운 걸음을 옮겨 앞으로 나아갔다.

"흠……."

걸음을 옮기던 진천은 갑자기 우뚝 서서 통로를 바라보았다. 진법의 단점들이 명확히 보이는 탓에 신경이 쓰인 것이다.

사파와 무림맹에 보관된 무수한 비급 중에서는 진법에 관한 것들도 존재했다.

게다가 사술에 포함된 진법은 굉장히 악랄한 것들이라서

기존의 진법과 섞어 운용한다면 제법 재미있는 결과물을 만들어낼 수 있을 것 같았다.

진천은 그 자리에서 진법을 손보기 시작했다. 적당히 사술을 섞으며 손을 보다 보니 제법 재미가 있었다.

진천은 한동안 진법을 손본 후에야 고개를 끄덕였다.

기존 진법의 생문을 알고 있는 자라면 무리 없이 통과할 수 있을 테지만 그렇지 않은 자들은 꽤나 큰 피해를 입을 것이다.

진천은 손을 털고는 다시 통로의 끝을 향해 걸음을 옮기기 시작했다. 굳이 경공을 쓸 필요 없이 여유롭게 나아갔다. 한동안 그렇게 걷자 저 멀리서 빛이 보였다.

외부로 통하는 출구가 분명했다. 여러 작은 기척들이 느껴졌다.

기관진식과 진법에 의존을 하고 있는 모양인지 느껴지는 기척의 숫자는 적었지만 그래도 착실히 보초 역할을 수행하고 있었다.

진천은 천천히 걸어 출구 밖으로 빠져나왔다.

"괜찮은 곳이군."

진천의 시야에 들어온 것은 빽빽한 숲에 둘러싸여 있는 넓은 들판이었다. 절벽이 여기저기 솟아 있어 외부에서 출입하는 것이 힘들어 보였지만 환경 자체는 좋았다.

계곡 물이 흐르고 있었고 들판에 형성된 밭이 보였다.

여러 집들이 옹기종기 모여 있었는데 마교의 풍경이라고 보기보다는 촌락 같은 분위기가 풍겼다.

진천은 신법을 전개하여 보초를 빠르게 지나쳤다. 보초는 눈을 깜빡였지만 진천의 움직임을 감지해 내지 못했다.

진천은 나무 위에 올라 사람들이 보이는 곳을 바라보았다.

"마교 안에 이런 풍경이 있을 줄은 몰랐어."

밭에서 일하고 있는 이들이 보였다. 무공을 익힌 흔적은 있으나 전력으로는 쓸 수 없는 자들이 대부분이었다. 마교와 어울리지 않는 아이들도 보였는데 밝은 웃음을 지으며 여기저기를 뛰어다니며 일손을 돕고 있었다.

강자지존의 마교에서는 절대 생각할 수 없는 풍경이었다. 게다가 이곳은 소마 곽수린의 영역이었다.

'멍청한 건가?'

스스로 살기 위해 동분서주해도 모자를 판에 저런 자들을 거둔 것이 이해가 되지 않았다.

언제나 강해야 하고 냉혹해야 하는 소마가 할 일은 아니었다. 여자인 이유도 있었지만 어쩌면 이것 때문에 소교주 자리를 포기한 것 일수도 있었다.

진천은 잠시 촌락의 풍경을 바라보다가 깊은 숨을 내쉬었다.

촌락의 풍경은 마치 과거의 백문세가가 있던 촌락을 보는 것 같았다. 그때 자신도 저 아이들처럼 티 없는 웃음을 지을 수 있었다. 힘들지만 그래도 희망을 가지고 살아갔다.

촌락 주변을 지키는 곽수린의 수하들이 보였다. 그럭저럭 세력이라 불릴 만한 숫자였지만 부족한 감이 있었다.

독마의 지원이 아니었다면 곽사준이 아니라 다른 세력에 먹혔을 가능성도 충분했다.

"냉혈마희(冷血魔姬)라는 별호답지 않은 풍경이군."

별호 중에서 '마(魔)'라는 글자를 넣기 위해서는 마교 서열 50위 안에 들어야만 했다.

그녀의 서열은 50위로 곽사준보다 높았다. 곽문진이 살아 있었을 당시 소마 중에서는 최고의 경지를 자랑했다.

어차피 천마신공을 전수받을 것이라 생각했던 곽사준과는 달리 곽수린은 최선을 다해 무공 수련에 임했던 것이다.

피도 눈물도 없다는 냉혈마희가 만든 풍경치고는 너무나 따뜻했다.

출구 쪽에서 벗어난 진천은 촌락 쪽으로 가려는 곽수린의 수하를 발견했다. 잠시 그를 바라보며 무언가 생각하다가 빠르게 그의 뒤로 다가갔다.

"이봐."

"무, 무슨?"

그는 검을 뽑으며 진천에게 겨누었다. 꽤나 훈련이 잘 되어 있었다.

"소, 소마……!"

진천은 그의 목소리를 기억하고는 빠르게 그의 수혈을 짚었다.

곽수린의 수하는 맥없이 바닥에 쓰러지며 잠들었다. 꼬박 하루는 일어나지 못할 것이다.

진천은 그의 옷을 벗기고는 그것으로 갈아입었다. 그의 외형을 보고는 역용술로 똑같이 따라했다.

진천은 허공섭물을 이용해 땅을 판 다음 잠든 곽수린의 수하를 묻었다. 숨구멍을 내놓았으니 죽지는 않을 것이다. 인식을 방해하는 진법을 설치해 쉽게 발견하지 못하게 만들었다.

진천은 그의 검을 허리에 차고는 복면을 쓴 후에야 고개를 끄덕였다. 그가 위장한 까닭은 기왕 온 김에 구경을 좀 하고 싶어서였다.

소마들을 모두 차라리 죽는 것이 나은 고통에 빠뜨리려고 했는데 이런 광경을 보니 그녀에 대해 좀 더 알고 싶어졌다.

'괜찮은 여자면 그리 처분할 필요 없겠지. 하나……'

그렇다고 하더라도 자신이 정한 기준을 통과하지 못한다면 그녀는 결코 자신의 손에서 살아남을 수 없을 것이다.

그녀가 현문대사의 암살에 관여하지 않았다는 점이 그녀의 목숨을 한 번 살렸다.

만약 그녀가 곽사준과 함께 그 일에 참여했다면 그녀가 보는 앞에서 저 사람들을 하나하나 모두 고통스럽게 죽여 버렸을 것이다.

마본천녀는 그녀가 알고 있는 모든 이름을 불렀는데 냉혈마희 곽수린의 이름은 존재하지 않았다.

진천은 천천히 촌락을 향해 다가갔다. 무수한 함정들이 있었지만 진천의 걸음에 영향은 줄 수 없었다. 외부의 침입에 대한 방비를 제대로 해놓은 것 같았다.

'마화대 정도는 막을 수 있겠군.'

그래도 곽사준이 진심으로 나오면 시간 벌기 정도에 불과했다.

여러 함정을 지나자 밭으로 둘러싸여 있는 촌락에 가까이 갈 수 있었다. 일을 하던 사람들이 진천을 발견하고는 하던 일을 멈추고 손을 흔들었다.

진천의 옆으로 아이들이 스쳐 지나갔다. 때가 가득 묻은 얼굴이었는데 맨 앞에 있는 아이가 자신이 잡은 커다란 풍뎅이를 자랑하고 있었다.

"오! 오늘 일손을 돕기 위해 온다는 무사가 자네인가?"

노인이 다가오며 진천에게 물었다. 진천이 아무 말 없이 그를 바라보자 노인은 미소를 지었다.

"따라오게. 오늘 할 일이 상당히 많으니 긴장해야 할 것이네."

진천은 고개를 끄덕이며 그를 따라갔다. 진천이 기절시킨 자는 촌락의 일을 도와주기 위해 가던 자였던 모양이다.

'밭일이라…….'

진천은 피식 웃고는 노인을 따라 밭으로 들어갔다. 꽂아놓은 말뚝을 빼는 작업을 해야 했다.

진천은 노인의 몸을 자세히 바라보았다. 내공을 익혔던 흔적이 있었지만 노인에게서는 어떤 내공도 느껴지지 않았다.

'단전을 폐한 건가?'

한쪽 손의 힘줄이 끊어져 있었다.

노인은 다른 한 손으로만 밭일을 하고 있었다. 우여곡절이 많아 보였다. 진천은 잠시 노인을 바라보다가 말뚝을 뽑기 시작했다. 뽑는 것에 그치지 않고 여러 가지 잡일을 거들었다.

"오, 밭일을 해본 적이 있나?"

"예전에 있었습니다."

"마희님께서 좋은 일꾼을 보내주셨구만! 허허허! 그래, 요즘 마희님께서는 어떠신가? 저번에 뵈었을 때는 고민이 있으신 것 같다만……."

"예. 아무래도 마교의 정세가 그런지라……."

"그렇겠지."

노인은 씁쓸한 듯 하늘을 바라보았다.

"자네가 잘 보필해 주게나. 우리가 할 수 있는 일은 그저 힘껏 살아가는 일밖에 없다네."

"알겠습니다."

노인은 진정으로 곽수린을 위하고 있었다. 스스로 도움이 되지 못하는 무력감을 꾹 참고 있었다.

진천은 노인과 이런저런 이야기를 하며 밭일을 도왔다. 내일 할 일까지 모두 끝내 버려 노인은 물론 다른 사람들의 얼굴은 밝았다.

"수고했네. 음, 마침 식사 때니 한 끼 하고 가게나."

"감사합니다."

"허허, 감사는 무슨. 이런 도움을 받았는데 그냥 보낼 수는 없지. 이보게! 닭 한 마리를 잡아주게나!"

노인이 그렇게 말하자 중년의 남자가 웃으며 고개를 끄덕였다.

"자! 가세."

진천은 노인을 따라 촌락 안으로 들어섰다.

나무로 지어진 집은 허름했다. 마본궁을 얻기 전에 머물렀던 저택에 비한다고 해도 하늘과 땅 차이였다.

짐승들을 막기 위한 방책은 그럴듯했으나 무공을 익힌 자들은 막지 못할 것이 분명했다.

촌락 안으로 들어오자 많은 사람의 모습이 보였다.

아이들을 제외하면 모두 성한 구석이 없었는데 진천은 그들이 마교에서 버림받은 자들임을 깨달았다.

쓸모가 없어졌기에 죽을 날만 기다리던 자들이었다. 아이들을 잘 보니 아이들 역시 무공에 자질이 없는 근골이었다.

'곽수린이 거둔 것인가?'

그렇다고 볼 수밖에 없었다.

이들은 어디에도 써먹을 구석이 없었다. 고기 방패로도 쓰이지 못할 자들이었다.

그는 노인을 따라 상이 차려진 곳으로 갔다. 사람들이 분주히 오가며 밭일을 도운 진천을 위해 음식을 나르고 있었다.

"자네 덕분에 살았네."

"무사님, 어서 드십시오."

"다음에도 잘 부탁드립니다. 하하."

사람들은 직접 담근 술도 내왔다.

진천은 잠시 그들을 바라보다가 음식을 먹기 시작했다. 이런저런 이야기를 하며 분위기가 무르익을 때쯤 아이들이 멀뚱히 먼발치서 진천을 바라보고 있었다.

정확히 말하자면 진천 앞에 놓인 닭고기를 보고 있었다.

"먹거라."

진천이 그릇째 닭고기를 내밀자 아이들이 눈치를 보다가 다가오며 그릇을 받아 들었다. 그러고는 깊게 고개를 숙인 다음 허겁지겁 먹기 시작했다.

"이놈들!"

노인의 호통에 아이들이 도망치기 시작했다. 호통을 쳤지만 미소를 짓고 있었다.

진천은 잠시 노인을 바라보다가 입을 떼었다.

"요즘은 어떠십니까?"

"마희님께서 돌봐주시는 덕분에 살 만하네. 자네도 알다시피 우리 중에는 몸이 성한 자가 없다네. 그런 우리를 위해서 돈을 들여 의원까지 데려오시니 정말 고개를 들 염치가 없다네."

노인의 말에 사람들이 맞장구쳤다.

"우리도 한때 무공을 익히고 강자지존의 법칙 아래 움직이던 자들이었지. 허허, 무슨 덕이 있어 우리가 이리 구함을 받은 건지는 모르네. 다만… 마희님께서 하시는 일에 도움을 드리고 싶을 따름일세."

"그렇군요."

"우리야 우리가 선택해서 강자에게 모든 것을 잃은 것이네. 하나 저 아이들은… 마교로 끌려와 그저 자질이 없어 버림을 받은 것이야."

마교는 정기적으로 밖으로 나가 아이들을 사오거나 납치해

오곤 했다.

어느 정도 자질이 있으면 그때부터 교육을 받고 마교인으로서 살아가게 되는 것이다.

수준 이하의 자질을 갖춘 아이들은 살수로 키워지거나 그것마저 안 되면 마교에 버려지게 되었다. 어린 아이들을 좋아하는 마교인의 노예가 되거나 굶어죽는 등 모두 끔찍한 종말이 기다리고 있었다.

진천은 고개를 끄덕이고는 자리에서 일어났다. 어느새 해가 저물고 달이 떠올라 있었다.

"돌아가 봐야겠군요."

"아! 이걸 가져가게! 실한 놈으로 잡은 것일세. 마희님이 식사를 제대로 하시고 계시는지 걱정스럽네."

노인은 삶은 닭을 하얀 천으로 포장하고는 진천에게 내밀었다.

"감사합니다."

그것을 받아 든 진천이 촌락 밖으로 향하자 사람들이 모두 나와 배웅했다.

진천은 그들을 등지고 곽수린이 있는 마희소로 향했다.

촌락과 얼마 떨어지지 않은 곳에 있었는데 상당히 오래된 건물이었다. 크기 자체는 컸지만 여기저기 어설프게 보수한 흔적이 보였다.

곽수린의 수하들이 마희소를 수호하고 있었지만 대부분은 촌락 주변에 배치되어 삼엄한 경계를 서고 있었다.

그들은 마희대로 곽수린이 지닌 세력의 중추였다. 마희대 밑으로 마교인들이 있기는 했지만 무공은 뛰어나지 않았다.

'저 여자는… 독마의 여식이군.'

지희가 마희소 앞에서 중년의 고수와 이야기를 하고 있는 것이 보였다.

"대주님, 오늘 밤은 각별히 주의하셔야 합니다."

"알겠소. 감사하오. 장 호위께서 밖의 동태를 살펴주시지 않았다면 대비조차 하지 못할 뻔했소."

"저에게 감사할 일이 뭐가 있겠습니까? 주군을 위한 일입니다."

"하하! 장 호위가 있어 든든하오."

지희와 이야기를 나누고 있는 자가 마희대주인 것 같았다.

'곽사준이 움직일 거라는 것을 알고 있군.'

독마는 이제 선택해야 할 것이다. 곽사준인가 아니면 곽문진인가.

지희를 자신에게 부탁한 것을 보면 곽사준을 선택할 가능성은 없었다.

부스럭!

진천이 소리를 내며 다가가자 마희대주와 지희가 고개를 돌려 진천을 바라보았다.

"음, 자네 왔는가?"

"오셨군요. 운 호위님."

진천은 고개를 숙일 뿐이었다. 들킬 염려도 없고 들켜도 상관없었지만 일단은 함부로 말을 하지는 않았다.

진천이 제압한 곽수린의 수하는 지희와 같은 그녀의 호위무사인 것 같았다.

"하하, 여전히 과묵한 친구구만."

"죄송해요. 본래 밭일은 마희대에서 가야 했지만 진법 훈련이 있어서 어쩔 수 없었어요."

곽사준의 침입을 대비하는 훈련 같았다. 지희의 말에 진천은 고개를 저었다.

"명을 따를 뿐입니다."

"하하! 그래서 내가 자네를 마음에 들어 하는 것이네."

진천의 말에 마희대주가 다가와 진천의 어깨를 두드렸다. 그 모습에 지희가 살포시 웃었다.

"그건 뭔가요?"

"삶은 닭입니다. 챙겨주셨습니다."

"아! 잘 되었네요. 주군께서 오늘 한 끼도 하지 못하셨거든요. 이건 제가 따로 전해드릴게요. 주군께서 기다리고 계세요."

"알겠습니다."

진천은 고개를 끄덕이고 마희소 안으로 들어갔다. 꽤나 오래 전에 지어진 건물은 제법 운치가 있었다. 여기저기 거미줄이 쳐져 있고 금이 가 있었지만 그것마저 하나의 멋으로 자리 잡고 있었다.

'독마의 지원만으로는 자금이 부족하겠지.'

진천은 허리에 찬 검을 바라보았다.

상당히 낡은 검이었다. 이런 검 열 자루가 있어봤자 마화대의 검 한 자루도 못 살 것이다.

형편이 얼마나 어려운지 알려주는 대목이었다. 소마의 신분답지 않은 모습이기도 했다.

진천이 지나가자 주변의 마희대원들이 아는 척을 해왔다. 마교인들답지 않게 서로 간에 정이 돈독해 보였다. 진천은 가볍게 인사를 하고 곽수린의 방문 앞까지 다가갔다.

"들어오세요."

진천의 기척을 느꼈는지 곽수린의 목소리가 들려왔다. 진천은 조심스럽게 방문을 열고 안으로 들어섰다.

방은 제법 아늑했다. 침상이 있기는 했지만 오랫동안 사용하지 않은 것인지 먼지가 쌓여 있었다.

방 안에 먹물 냄새가 가득 풍기고 있어 이런 곳에서 잘 수 있을지도 의문이었다.

스윽! 스윽!

촛불에 의지해 붓을 놀리고 있는 곽수린의 모습이 보였다. 피곤한 기색이 가득하기는 하나 그녀의 모습은 아름다웠다.

음장처럼 차가운 표정이었지만 그 마저도 너무나 잘 어울렸다.

그녀가 붓을 내려놓고 진천을 바라보았다.

"어떻습니까?"

그녀가 묻자 진천은 잠시 생각했다.

"표정이 밝았습니다."

"다행이군요."

얼음 같았던 표정이 녹으며 작은 미소가 지어졌다. 어떠한 가식도 없는 미소였다.

"방비 시설은 어떤가요?"

진천은 곽수린이 자신의 호위를 밭일에 보낸 이유를 알 수 있었다. 쓸데없이 불안을 조성하지 않고 기관진식이나 함정을 면밀히 살피기 위해서였다. 그리고 사람들의 상태도 살피고 말이다.

"침입의 흔적은 없었고 시설 역시 다른 이상은 없었습니다. 하나 더 보충할 필요가 있는 것 같습니다."

"그렇군요. 하나… 지금은 당장의 고비를 넘기는 것에 집중해야 해요."

곽수린은 자리에서 일어나 창문을 열었다. 밝은 달빛이 방 안으로 들어왔다. 그녀는 하늘을 바라보며 깊은 숨을 내쉬었다.

"아무리 대비를 해도 도저히 가능성이 보이지 않아요. 여기서 무너지게 되면 곽사준은 분명 모두를 죽이겠죠."

"곽사준이 오지 않을 수도 있지 않습니까?"

진천의 말에 곽수린은 고개를 저었다.

"그는 옵니다. 제 동생이 독마와 무승부를 이루어냈으니 그의 성격상 그것보다 더한 것을 이루려 하겠죠. 그리고 이미 움직임이 있었습니다. 빠르면… 오늘 밤이 되겠지요."

"그렇다면 그분께 도움을 청하시는 것이 어떻겠습니까?"

"오늘 급하게 연통을 넣어봤으나 답이 없더군요. 아마 저를 증오하겠지요. 혈육보다 이곳을 택한 저를… 도와주지는 않을 거예요."

진천이 여기에 있으니 그럴 것이다. 그가 이곳에 간 것을 알았으니 답할 필요가 없다고 생각한 것이 분명했다.

"그래도 소마로서 포기할 수 없어요. 마교인들도 결국 사람이에요. 고통받고 아파하는 사람……. 누군가는 그들을 돌봐줘야 해요. 강자에 대한 숭배는 마교를 천년이나 이끈 원동력이지만 천년 후를 바라볼 수 없는 독이기도 해요."

"많이 내다보시는군요."

진천은 곽수린이 마교인답지 않다고 생각했다. 차라리 고명한 백도무림 명문정파의 여식 같았다.

진천은 그녀가 왜 이렇게 가난한 것인지 이해가 되었다.

소마의 신분이기는 하지만 약자들을 챙겨왔으니 천마지존이나 여러 마교인의 눈 밖에 나는 것은 당연했다.

"내다보는 것밖에 할 수 없는 것이 원망스럽군요. 저들을 지키고 제 뜻을 이어갈 수 있다면 뭐든지 할 수 있어요."

"주군, 지희이옵니다."

"들어와."

문이 열리며 지희가 들어왔다. 그녀는 삶은 닭으로 요리한 음식을 가져왔다.

"운 호위가 가져온 것입니다. 드시지요."

"별로 입맛이……."

"드시지요."

지희가 웃으며 말하자 곽수린이 살짝 움찔하며 한숨을 내쉬었다.

지희가 식탁에 올려놓고 웃으며 곽수린을 노려보았다.

"알았어. 그런 눈으로 보지 마."

"제가 얼마나 속이 타는지 아십니까?"

"미안해."

지희와 곽수린은 막역한 사이 같았다. 지희는 곽수린이 음식을 먹는 것을 지켜보았다.

"꼭꼭 씹어드세요."

"…응. 윽!"

"여기 물 있습니다."

"고마워."

지희는 곽수린의 옆에서 그녀를 챙겨주었다.

진천은 그 모습에 작게 웃고 말았다. 진천이 웃는 것을 본 지희와 곽수린은 눈을 깜빡이며 그를 바라보았다.

"별일이군요. 운 호위가 웃다니."

"운 호위님. 좋은 일이 있나요?"

곽수린과 지희의 말이었다. 진천은 고개를 끄덕이며 입을 떼었다.

"좋은 일이 생길 겁니다."

진천의 말에 둘은 작게 웃었다.

진천은 그녀들을 바라보다가 창밖을 내다보았다. 환한 보름달이 오늘따라 유난히 요사스럽게 느껴졌다.

무슨 일이 일어나기에 딱 좋은 밤이었다.

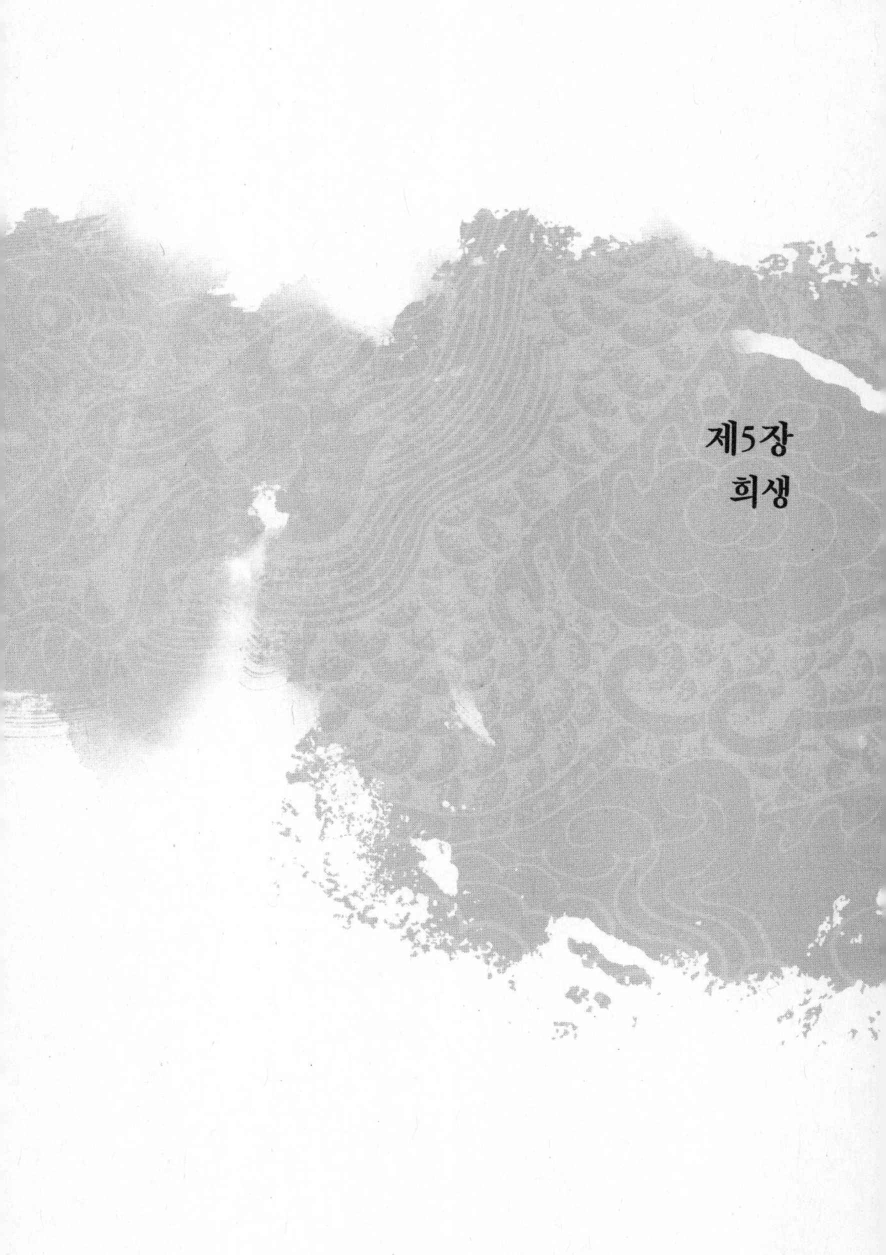

제5장
희생

검마.

독마보다 반수 정도 앞선다는 평가를 받는 명실상부한 마교의 고수였다.

그는 누구보다 마교인다웠다. 무를 위해서라면 무슨 일이든 할 준비가 되어 있는 자였다. 그가 곽사준의 제안을 받아들여 그의 세력에 참가한 것도 강함을 추구했기 때문이었다.

'천마신공의 비밀을 알게 된다면 검으로 나를 상대할 자는 없을 것이다!'

미숙한 소마를 조종하여 실질적인 마교의 주인이 되는 것이 그의 야망이었다.

현 천마지존이 절대자이기는 하지만 그 역시 사람이었다. 곽사준이 교주가 될 때 그의 세상이 펼쳐질 것이다.

'독마의 딸이라… 소마, 그 애송이가 재미있는 것을 생각해 냈군.'

검마가 할 일은 곽사준이 독마의 세력을 흡수할 수 있게 돕는 것이었다. 그렇게 된다면 곽사준은 후계 싸움에서 이기게 될 것이 분명했다.

독마와 무승부를 이루어낸 곽문진이 독마의 세력을 흡수한다면 곽사준은 더 이상 그의 적수가 될 수 없을 것이다. 그것이 검마의 생각이었다.

"주군, 모든 준비를 완료하였습니다."

"준비랄 것까지 있겠느냐."

"하나, 독마가 무슨 술수를 부려놨을지 모릅니다. 게다가 마희소로 정찰을 갔던 선발대에서 연락이 없습니다."

검마는 자신 앞에 부복하여 말하는 수하를 보며 인상을 찌푸렸다.

검마의 수하답게 모두 검에 일가견이 있는 고수였다. 하나하나가 정예였고 수하들이 모두 움직인다면 명문정파 하나쯤은 하루아침에 멸문시킬 수 있는 전력이었다.

검마는 약한 자를 절대 수하로 거두지 않았다. 부상을 입고 약해진 수하를 그 자리에서 죽여 버릴 정도였다. 그런데 그런 자신의 수하가 정찰조차 하지 못하고 연락이 끊겼다.

"실망이군."

"송구하옵니다, 주군."

검마는 불편한 기색을 감추지 않았다.

"이검주(二劍主)."

"예, 주군!"

"이검조(二劍組)와 삼검조(三劍組)를 이끌고 앞장서라. 독마의 딸과 소마를 제외한 모두를 도륙한다."

"존명!"

총 삼검조로 이루어진 것이 바로 마검대였다. 악검마제(惡劍魔帝)라 불리며 마교 극강의 고수로 이름을 날리는 검마의 정예 수하들이었다.

삼검주는 이검주와 함께 수하들을 데리고 마희소의 입구로 다가갔다. 정찰을 보낸 자들은 마검대가 아니었지만 그래도 살수로서 이름이 있는 자들이었다.

"함정이 있는 것인가?"

"이검주님. 그깟 함정이 무슨 소용 있겠습니까?"

"하지만 삼검조. 신중을 기하는 것이 좋소. 상대는 냉혈마희와 독마의 딸, 지낭옥녀(智囊玉女)이오."

"둘째 소마, 냉혈마희가 서열 오십위이기는 하나 나머지는

다 어중이떠중이들이 아닙니까? 주군께서 심기가 불편하신듯 하니 일을 빨리 끝내는 것이 좋겠습니다."

삼검주의 말에 이검주는 고개를 끄덕였다. 뒤를 힐끔 바라보니 옥으로 만들어진 의자에 앉아 불편한 심기를 보이고 있는 검마의 모습이 보였다.

검마의 옆에 서 있는 일검주는 이검주를 바라보며 고개를 끄덕였다.

"냉혈마희와 지낭옥녀를 제외한 모든 놈들을 도륙하라!"

이검주가 그렇게 말하자 이검조와 삼검조가 마희소의 입구 안으로 들어섰다.

좁은 통로에 무언가 함정을 설치해 놓았을 것 같았지만 그런 기색은 보이지 않았다. 게다가 기척 역시 느껴지지 않았다.

'괜한 걱정을 한 것인가?'

이검주가 그렇게 생각할 때였다.

"크아아악!"

"커헉!"

앞쪽에서 비명 소리가 들려왔다. 이검주가 고개를 돌려 정면을 바라보니 수하 둘의 몸에 창이 박혀 있는 것이 보였다.

절정고수가 저런 날붙이를 피하지 못했다는 것이 이해가 되지 않았다.

그렇게 생각할 때 갑작스럽게 시야가 흐려졌다. 좁은 통로가 이상하게도 넓어지며 안개가 자욱하게 깔리기 시작했다.

화경의 고수인 이검주와 삼검주만이 상황이 이상하게 돌아가고 있다는 것을 감지할 수 있었다.

다른 수하들은 마치 무언가에 홀린 것처럼 멍한 시선으로 함정에 다가가고 있었다.

"갈! 진법이다!"

이검주가 그렇게 외치자 수하들이 화들짝 놀라며 뒤로 주춤 물러났다.

수하들은 통로의 풍경을 보고 당황함을 감추지 못했다.

분명 정신이 멍해지기 전에는 좁은 통로였는데 지금은 그 끝이 보이지도 않을 정도로 넓은 공간으로 변해 있었다. 게다가 기분 나쁜 안개가 깔려 있었고 수하들의 손에 들린 횃불이 점점 사라지고 있었다.

"이검주님, 강력한 진법입니다."

"진법과 기관진식이라……."

이검주는 지낭옥녀가 진법과 기관진식에 상당한 조예가 있다고 들은 기억이 났다.

그러나 화경의 고수인 자신이 생문을 찾지 못할 정도일 줄은 몰랐다. 삼검주 역시 당황해하고 있었다.

"모두 움직임을 멈춘다!"

이검주의 말에 모두가 그 자리에서 한 발자국도 움직이지 않았다. 일단 진법을 푸는 것이 급선무였다. 생문을 찾으려 노력했지만 보일 듯 보이지 않았다.

생문으로 추정되는 곳이 몇 군데 있기는 했다. 그러나 함부로 갔다가는 큰 희생을 치러야 할 수도 있었다.

"이검주님, 생문을 찾으실 수 있겠습니까?"

"음… 몇 군데 있기는 하오."

"그렇다면 수하들을 보내 확인하면 되겠군요."

"그렇지만……."

수하들 모두가 절정고수이기는 하나 함정에 직접적으로 빠지게 되면 목숨을 구하기는 힘들 것이다.

"여기서 발목을 잡힌 것을 검마께서 알게 되면 어차피 수하들의 목은 달아날 것입니다."

"할 수 없군."

이검주가 고개를 끄덕이자 삼검주가 수하 몇을 뽑아 생문으로 추정되는 곳에 밀어 넣었다.

"끄, 끄아아악!"

"커헉!"

"사, 살려줘!"

고통에 울부짖는 소리가 들려왔다.

"저기로군."

비명이 들리지 않는 곳이 있었다.

이검주가 수하들을 이끌고 그곳을 향해 가자 또다시 길이 나누어졌다.

이검주는 무력이 제일 약한 수하들을 차례로 보냈다. 수하들의 숫자가 점점 줄어들었지만 그런 죽음보다 더 두려운 것이 바로 검마였다.

수하의 일부를 잃고 난 후에야 이검주는 생문을 찾을 수 있었다.

"저기가 길이군."

출구로 빠져나올 수 있었다. 전력의 손실이 있었지만 신경 쓸 정도는 아니었다. 어차피 약한 놈만 당한 것이기 때문에 그리 보고하면 될 것이다.

이검주는 저 멀리 보이는 촌락과 마희소의 건물을 볼 수 있었다.

이검주는 주변에서 느껴지는 기척에 삼검주를 바라보자 삼검주가 수하들에게 손짓했다. 수하들이 빠르게 느껴지는 기척들을 추적했다.

잠시 후 수하들이 두 여인을 잡아왔다. 조잡한 칼과 낡은 무복을 입고 있었다.

"냉혈마희의 수하들이군요."

"듣던 대로 상당히 허접하군."

경지 자체도 절정에 못 미치는 수준이었다. 두 여인은 이검주를 노려보다가 혀를 깨물었다. 자결을 택한 것은 마교인으로서 당연한 수순이었다.

하지만 점차 부풀어 오르는 여인들의 몸을 보고는 이검주는 인상을 찌푸렸다.

"물러나라!"

콰아아아!

밝은 빛이 터져 나오며 하늘로 치솟았다. 폭발력은 미약했지만 하늘이 환해졌다. 침입을 알리는 수단으로 자결을 택한 것이었다.

"귀찮은 짓을 했군."

"그래봤자 저들이 뭘 할 수 있겠습니까? 빨리 끝내고 돌아가시지요."

이검주가 고개를 끄덕이며 손을 들었다. 그러자 모든 수하들이 냉혈마희가 있는 건물을 향해 경공을 시전하기 시작했다.

달빛 아래 움직이는 검은 그림자들은 굉장한 불길함을 심어주었다.

* * *

밤하늘을 물들이는 하얀 불꽃은 냉혈마희 곽수린의 방 안에서도 무척이나 잘 보였다.

곽수린은 그 불꽃을 보는 순간 얼굴을 굳혔다. 불길한 생각이 여지없이 맞아떨어진 것이다.

"주군!"

지희가 곽수린을 불렀다. 곽수린은 고개를 끄덕이며 그녀를 바라보았다.

"적습입니다."

"알고 있어."

지희는 운 호위를 찾았다. 그는 상당한 고수로서 큰 전력을 담당하고 있었기 때문이다. 그런 지희를 곽수린이 바라보며 입을 떼었다.

"운 호위에게 촌락 사람들을 대피시키라고 말해놓았어. 미리 뚫어놓은 샛길로 빠져나간다면… 지금 당장 목숨을 잃지는 않을 거야."

지희가 굳은 표정으로 고개를 끄덕였다.

아무리 운 호위라고 할지라도 사람들을 데리고 마교를 빠져나갈 수 없을 것이다.

하나 그녀의 주군은 그런 명령을 내렸다. 그것은 약자를 희생시키지 않겠다는 주군의 의지였다.

곽수린는 호위를 대동하고 밖으로 나왔다.

"주군."

"마희대주, 상황은?"

"함정을 이용하여 시간을 끌었으나 곧 돌파당할 것 같습니다. 상대는… 검마의 이검조, 삼검조가 확실합니다."

검마라는 말에 곽수린은 깊은 숨을 내쉬었다. 그만큼 검마가 가지는 이름은 대단했다. 삼검조 하나가 와도 이길 가능성이 희박한데 검마는 마검대를 전부 동원할 생각을 가지고 있는 것 같았다.

'나와 지희를 생포하려 하겠지. 그리고…….'

검마의 성정상 모든 이들을 도륙할 것이다. 천마지존처럼 약자에게는 자비를 절대 베풀지 않는 것이 검마였으니 말이다.

'이럴 때는 마교인인 것이 한탄스럽구나.'

마교인은 교주의 허락 없이는 마교를 벗어날 수 없었다. 만약 이를 어기고 벗어났다가는 교주의 추살대가 붙어 이유를 막론하고 죽임을 당한다.

곽사준이 이곳을 노린다는 사실을 미리 알았지만 그저 방비밖에 할 수 없었던 이유가 바로 그것 때문이었다.

"지희, 독마께 가. 혼자 샛길로 가면 능히 빠져나갈 수……."

"싫습니다. 주군을 놔두고 어찌 혼자 살 궁리를 할 수 있을까요. 살아도 같이 살고 죽어도 같이 죽는 겁니다."

곽수린은 지희의 말에 슬픈 미소를 지었다.

마희대주도 곽수린을 바라보며 고개를 끄덕였다. 마희대원들 역시 마찬가지였다. 여기 있는 모두는 곽수린을 위해 목숨을 버릴 각오가 되어 있었다.

곽수린이 마희대주를 보며 고개를 끄덕이자 마희대주가 입을 떼었다.

"방어진을 펼쳐라!"

곽수린을 중심으로 방어진을 펼치기 시작했다. 마교인으로서 도망쳐서는 안 되었고 도망칠 곳도 없었다.

마교인이 아니더라도 그녀는 도망칠 수 없었다. 마교에 버림받았던 사람들을 또다시 버림받게 만들 수는 없었다.

곽수린이 검을 뽑아들고는 마희대주 옆에 섰다. 서열 오십위에 드는 고수답게 그녀의 기세는 무척이나 날카롭게 솟아 있었다.

"지희, 나와 마희대로 얼마 동안 버틸 수 있겠어?"

"이검조와 삼검조를 상대로 오로지 버티는 것에만 집중한다면 최대 반 시진 정도입니다."

지희의 말에 곽수린은 고개를 끄덕였다. 그녀는 최대한 발악하며 버틸 생각이었다.

'나와 지희가 목적이라면 생포하려 할 터. 더 시간을 끌 수 있을 거야.'

곽수린은 그렇게 생각했다. 먼 숲 속에서 함정들이 터져 나가는 것이 보였다. 지희의 지혜를 빌려 설치한 함정이었지만 역시 검마의 정예 수하들을 막기에는 부족했다.

진득한 살기가 느껴졌다.

곽수린이 바라본 곳에서 빠르게 나타나는 인형이 보였다. 현경에 근접한 두 고수와 백에 달하는 절정고수가 그녀의 앞에 모습을 드러냈다.

마희대의 정예 고수들은 오십이 조금 안 되는 숫자였고 나머지들은 큰 도움이 안 되는 무인들이었다. 애초부터 상대가 될 수 없는 싸움이었다.

"이 밤중에 무슨 결례지?"

"죄송하게 되었소. 우리와 같이 간다면 소마께 상처 하나 내지 않을 것을 약조드리오. 그리고 지낭옥녀 역시."

"그러나 이곳 모두를 몰살하겠지."

이검주는 고개를 끄덕였다. 곽수린의 얼굴이 분노로 물들었다.

"곽사준이 그리하라 시켰더냐."

"그분께서는 그에 대한 언급은 하지 않으셨소. 주군께서 결정하신 일이오."

"악검마제……!"

곽수린의 검에서 검강이 치솟았다.

그녀의 기세는 강렬했다. 이검주조차 일대일로는 곽수린의 상대가 못 될 것이다. 그러나 이곳에는 삼검주가 있었고 백에 달하는 절정고수가 존재했다.

"굳이 벌주를 마셔야겠다면……."

"어쩔 수 없군."

이검주와 삼검주가 검을 뽑자 그들의 수하들 역시 무기를 겨누며 흉흉한 기세를 뿜어냈다. 방어진을 형성한 마희대가 기세에 밀려 뒤로 물러날 정도였다.

백에 달하는 절정고수가 내뿜는 기세는 마희대를 압도하고 있었다.

"쳐라!"

이검주의 명령이 떨어지자 일제히 달려들었다. 이검조와 삼검조는 마치 한 몸처럼 움직이며 마희대의 방어진을 두드리기 시작했다.

지희가 짠 방어진은 강력했지만 이검조와 삼검조를 막아서기에는 역시 무리가 있었다. 기껏해야 반 시진을 겨우 버티는 수준이었다.

차악!

"크윽!"

곽수린의 검에 검마의 수하 하나가 피를 뿜으며 튕겨 나갔다.

곽수린은 방어진의 취약한 부분을 보충하며 검마의 수하들을 상대했다.

'수가 너무 많아. 게다가… 모든 면에서 우리를 앞서고 있어.'

마희대주가 힘겹게 공세를 막는 것이 보였다. 마희대주는 온몸을 희생하여 방어진을 지키고 있었다.

"커헉!"

"크윽!"

마희대원이 이검주의 검에 쓰러져 나갔다. 이검주는 검마에게 직접 사사받은 검법을 사용했는데 그 위력은 마교에서 손꼽혔다. 너무나 파괴적인 위력에 마희대원은 속수무책이었다.

"흩어지지 마라!"

마희대주의 말에 대원들은 필사적으로 버텼다. 그러나 결과는 뻔했다.

이검주와 삼검주는 상처 하나 없이 여유로웠고 그들의 수하는 굳이 무리를 할 필요 없다는 듯 교대해 가며 방어진을 압박했다. 이검주의 지시에 맞춰 움직이고 있는 것이다.

이검주는 무공도 뛰어났지만 마검대의 지낭으로 불릴 만큼 머리가 뛰어났다. 방어진의 약점을 꿰뚫어보고 있었다.

"기이하군. 이 방어진은 지낭옥녀께서 짠 것이오?"

이검주는 지희를 향해 검강을 뿌리며 그렇게 말했다.

"크윽!"

지희가 간신히 검을 들어 검강을 쳐냈지만 뒤로 크게 튕겨나갔다.

"입구의 진법보다 너무 수준이 떨어지는군."

"무, 무슨 말을……!"

"그 통로에서 수하 열을 잃었소. 그런 끔찍한 진법을 구상한 지낭옥녀치고는 그다지 좋은 방어진은 아닌 것 같소만."

지희뿐만 아니라 곽수린도 이검주의 말을 이해하지 못했다. 마검대원 열을 없애려면 마희대원 열다섯은 필요했다.

그런 피해를 입힐 수 있는 진법은 지희의 머릿속에는 존재하지 않았다.

'놀리는 건가?'

지희가 그렇게 생각할 만도 했다. 마희대원은 확실히 숫자가 줄어 더 이상 방어진의 의미가 없어져 버렸다. 그에 비해 검마의 수하들은 고작 셋이 죽고 다섯이 다쳤다.

본격적으로 이검주와 삼검주가 나서기 시작했다. 그 모습을 보자 곽수린의 표정이 굳어졌다.

[장 호위, 주군을 모시고 빠져나가게나.]

[알겠습니다!]

마희대주와 지희가 전음을 나누었다.

마희대주와 지희는 상황이 나빠지면 곽수린을 도망치게 할 계획을 이미 세워놓았다. 그 과정에서 마희대 전원의 목숨을 걸어야 했다.

이검주와 삼검주는 지금 방심을 하고 있었다. 검강을 피워 내고 있지만 호신강기를 전개하지 않는 것으로 보면 그것을 잘 알 수 있었다.

'적어도 저놈들과 함께 갈 수 있다면 주군께서는 능히 빠져나가실 수 있겠지.'

마희대주가 살아 있는 마희대원과 눈을 맞추었다. 방어진이 열리며 마검대원들이 밀려들어 왔다. 곽수린이 무언가 이상함을 눈치챈 순간이었다.

"가자!"

"우아아아아!"

마희대주의 말에 지친 기색이 가득했던 마희대원들이 갑작스럽게 달려 나갔다. 어디서 내력을 빌려온 것처럼 느껴질 정도였다.

곽수린은 그들을 본 순간 그들이 선천지기를 태우고 있음을 발견할 수 있었다.

"안……!"

콰아아앙!

마희대원 하나가 폭발하며 마검대원 여럿을 튕겨냈다.

곽수린의 눈동자가 크게 떠졌다. 그녀도 본 적이 있는 무공이었다.

마교에서도 가장 끔찍한 무공 중에 하나인 폭마공(爆魔功)

이었다. 모든 내력과 선천지기를 폭발시켜 벽력탄과 같은 위력을 만들어내는 사악한 마공이었다.

익히는 과정에서 엄청난 고통이 따르고 부작용도 상당했기 때문에 누구도 익히지 않는 마공이었다.

그런 폭마공을 마희대원들이 쓰고 있는 것이다.

"크억."

"포, 폭마공이다!"

마검대원들도 폭마공을 알아보고는 주춤거렸다. 마구 달려들며 폭마공을 터뜨리는 마희대원의 모습에 마검대원은 겁을 먹을 수밖에 없었다.

콰가가가가!

콰앙!

검으로 베어내도 그 자리에서 폭발하기 때문에 공격할 수가 없었다.

지희가 곽수린의 팔을 잡았다.

"이 틈에 어서 피하시지요! 저들에게 잡힌다면 이용만 당하시다 죽을 것입니다."

"무슨 말을 하는 거야! 어떻게……!"

"모두 주군을 위해서 선택한 것입니다! 저들의 희생을 헛되이 해서는 안 됩니다."

곽수린의 두 눈에서 눈물이 흐르기 시작했다. 마교의 누구도 냉혈마희가 눈물을 흘린다고 말하면 절대 믿지 않을 것이다.

"주군! 어서……!"

잡혀서는 안 된다. 곽수린도 알고 있었다. 곽사준은 모든 것을 얻은 뒤에 자신을 세력 확장을 위한 도구로 사용하고 쓰임이 다하면 죽일 것이다.

곽수린은 부하들의 희생을 헛되이 할 수 없었다. 그녀는 무거운 입을 떼었다.

"가자."

곽수린은 지희의 손을 잡았다.

지희에겐 더욱 끔찍한 미래가 기다리고 있을 것이다. 곽사준의 노리개로 쓰일 것이 분명했다.

곽수린은 적어도 지희를 살리고 싶었다.

"도망가게 놔둘 것 같소?"

이검주가 곽수린과 지희를 보며 경공을 시전하려는 순간이었다.

"흐아아아!"

마희대주가 기합을 내지르며 이검주의 앞으로 달려들었다.

이검주는 곽수린과 지희에게 신경을 쓰느라 그를 미처 발견하지 못했다. 옆에 있던 삼검주 역시 그러했다.

이검주와 삼검주의 눈이 크게 떠지는 순간이었다. 마희대주의 몸이 순식간에 부풀어 오르더니.

콰아아아앙!

그대로 터져 버렸다. 이검주와 삼검주를 휩쓴 폭발은 더 나아가 주변의 마검대원을 날려 버렸다. 마희대주와 같은 고수가 폭마공을 쓰니 그 위력은 어마어마했다.

곽수린은 지희와 함께 경공을 시전했다. 둘은 빠르게 들판을 가로질러 갔다. 보름달이 애석하게도 그녀들의 모습을 환히 비추었다.

"피할 곳을 마련해 두었습니다! 그곳에 닿을 수만 있다면 어떻게든……!"

이런 상황을 대비해 꾸준히 탈출로를 마련해 놓은 지희였다.

"크윽!"

경공을 시전하던 지희에게 검풍이 몰아쳤다.

지희가 들판을 구르며 옆으로 튕겨 나갔다. 곽수린은 빠르게 그녀에게 다가가며 뒤를 향해 검을 겨누었다.

화상을 잔뜩 입은 이검주와 한 쪽 팔이 사라지고 없는 삼검주가 어둠을 가르며 나타났다.

그런 부상을 입었으면 평정심이 흩어질 만도 한데 그들은 고요하게 곽수린과 지희를 바라보고 있었다.

"대단한 수법을 부리셨소. 지낭옥녀에게 했던 그 말은 사과

하도록 하지."

"그만 가십시다."

곽수린은 입술을 깨물었다. 넓은 들판에서 하나둘씩 나타난 마검대원들이 어느새 주위를 완전히 포위하고 있었다.

"살아만 있으면 된다고 하셨으니 팔다리 하나쯤은 괜찮겠구려."

"우리를 원망하지 마시오."

이검주와 삼검주가 전력으로 내공을 일으켰다.

곽수린은 자결을 생각해 보았지만 지희와 마희대를 떠올리니 그리 할 수 없었다.

곽수린의 손이 떨려왔다. 시야가 흐릿해지며 몸에 힘이 잘 들어가지 않았다.

"독?"

지희는 빠르게 곽수린의 혈맥을 짚었다.

"마본천녀의 독……!"

자신은 독공을 익혀 중독까지는 되지 않았지만 곽수린은 이미 중독되어 있었다.

마검대원의 모든 검에는 마본천녀의 독이 묻어 있었던 것이다.

상황은 절망적이었다.

도저히 빠져나갈 방도가 보이지 않았다. 지희는 자신의 목에 검을 가져다 대며 곽수린을 바라보았다.

"주군… 제가 시간을 끌겠습니다."

"아, 안 돼!"

"괜찮아요. 제 내공을 한순간에 터뜨린다면 시간 정도는 벌 수 있을 거예요."

그녀는 독마의 딸이었다. 동귀어진을 하여 상대를 죽이는 법을 알고 있었다.

자신의 목숨 하나로 곽수린에게 일말의 희망이라도 전해줄 수 있다면 그녀는 백번 다시 태어나도 그리 할 것이다.

"안 돼!"

지희의 검이 움직이려 할 때였다.

제6장
혈마강림

괜찮은 밤이었다.

보름달은 맑고 바람은 선선했다.

진천은 딱 잠들기 좋은 밤이라고 생각했다. 곽문진의 누이인 곽수린은 냉혈마희답지 않은 명령을 내렸다.

적습이 있을 것 같으니 사람들을 미리 대피시키라는 말이었다. 아직 탈출로가 완성된 것은 아니지만 적어도 마교 안에서 죽지는 않을 것이라는 말을 해주었다.

'마교인답지 않군.'

진천은 일단 그녀의 명령대로 촌락으로 돌아와 사람들을

대피시켰다. 사람들은 곽수린에게 도움이 못 되는 것을 한탄하면서 촌락에서 벗어나기 시작했다.

진천은 마교의 입구에 잠복해 있던 고수들을 떠올려 보았다.

마교 밖으로 나가봤자 죽을 뿐이었다.

퍼엉!

“저, 저건!”

“크, 큰일 났구만!”

진천은 하늘을 밝히는 불꽃을 보며 잠시 고민했다.

이들이 죽든 살든 진천과는 상관없었다. 독마의 부탁대로 지희만 안전하면 되는 것이다.

곽사준의 부하들이 지희를 죽일 일도 없으니 천천히 여유를 부려도 무방했다.

어차피 마희소 안으로 들어온 곽사준의 세력은 살아서 나갈 수 없었다.

“자네! 어서 마희님께 가게나!”

“우리는 신경 쓸 필요 없네! 어차피 죽을 목숨이었어!”

“마희님을 지켜주시게!”

사람들이 진천에게 눈물을 흘리면서 그렇게 말했다. 진천은 그 자리에 우뚝 섰다.

“월영쌍희.”

“예! 주군.”

"부르셨습니까?"

진천의 말에 월영쌍희가 나타나 부복했다. 사람들은 갑작스러운 월영쌍희의 등장에 눈을 동그랗게 떴다.

"상황은?"

"마검대 중 이검조와 삼검조가 진입했습니다."

"제법 신경을 썼군."

진천은 고개를 끄덕이고는 입을 떼었다.

"저들에게 접근하는 모든 놈들을 죽여라."

"존명!"

진천이 월영쌍희를 지나치자 월영쌍희가 몸을 일으키며 손을 들었다. 그러자 십마화와 마화대가 모습을 드러냈다.

마치 바닥에서 솟구치는 것처럼 등장한 그녀들은 진천을 향해 고개를 조아렸다.

'그녀에게 빚을 지게 하는 것도 나쁘진 않겠지.'

진천은 그렇게 생각하며 곽수린이 있는 곳을 바라보았다.

'마희대라면 어느 정도는 버틸 수 있을 터.'

진천은 그들의 방어진을 본 적이 있었다. 그럭저럭 괜찮아서 반 시진 정도는 버틸 수 있을 거라 생각했다.

진천이 곽수린이 있는 건물로 경공을 전개했다. 들판을 빠르게 가로질러 건물 앞에 도착했지만 보이는 상황은 그의 예상을 빗나갔다.

마희대원들이 마검대원으로 보이는 자들에게 폭마공을 쓰며 자폭하고 있는 것이다. 마희대는 전멸했지만 마검대는 아직 많은 수가 남아 있었다.

"크으! 저놈은?"

"살아남은 놈이다! 죽여라!"

진천을 보며 마검대원이 달려들었다. 주변에 눈은 없다. 많은 수를 한꺼번에 죽일 방법을 진천은 알고 있었다.

진천은 서서히 검을 뽑았다.

수라역천신공을 운용할 필요는 없었다. 혈마신공을 운용하며 수라검법을 펼치는 것만으로도 충분했다.

진천의 검에서 핏빛 강기가 넘실거렸다. 달려들던 마검대원들은 그것을 보고는 그 자리에서 몸이 굳어버렸다.

"혀, 혈마검강!"

"어, 어떻게 냉혈마희의 수하 따위가……!"

진천의 입꼬리가 올라갔다. 그와 동시에 진천의 모습이 일그러지며 변하기 시작했다. 뼈와 근육이 맞춰지는 소리가 나더니 본래 곽문진의 모습으로 돌아오게 되었다.

"허, 허억! 소, 소마!"

진천을 알아본 마검대원은 주춤거리며 물러났다. 어둠 속에서 일렁이는 핏빛 검강은 그들에게 두려움을 심어주었다.

'곽수린이 도주했나?'

일단 여길 빠르게 정리하고 곽수린 쪽으로 가야 했다. 진천의 내력이 개방되며 진천의 주위로 혈마강기로 구성된 기류가 흐르기 시작했다.

마검대원은 상황이 심상치 않음을 깨닫고 검기 따위를 뿌려댔지만 혈마강기에 막혀 허무하게 사라져 버렸다.

진천의 신형이 흐릿해지며 사라지는 순간이었다.

수라검법(修羅劍法) 혈산검(血散劍).

혈마검강이 뻗어나가며 마검대원들의 몸을 가르고 지나갔다. 마검대원들은 그 자리에 굳은 채 모든 움직임을 멈추었다.

진천이 검을 한차례 털 때였다.

퀴쉬쉬쉬!

마검대원들의 몸에서 피가 터져 나오며 사방에 흩뿌려졌다. 뿜어져 나온 막대한 피는 멈출 생각을 하지 않았다.

그들이 몸에 지니고 있던 피가 모두 빠져나오고 나서야 출혈이 멈추었다. 마치 말린 미라처럼 된 마검대원들의 시체가 바닥에 가득 형성된 피의 웅덩이에 쓰러졌다.

"쓸 만하군."

혈마신공의 능력이 수라검법에 섞이며 극대화된 것이었다. 만약 수라역천신공을 기반으로 혈마신공을 섞어 사용한다면 어떻게 될까?

'무림맹주와도 겨룰 수 있겠지.'

그 정도 수준은 될 것이다.

진천은 고개를 돌려 들판 쪽을 바라보았다. 멀리서 많은 기척이 느껴졌다. 도망가는 기척과 그것을 쫓는 기척들이었다.

곽수린과 지희, 그리고 그녀들을 쫓는 검마의 수하들이 분명했다.

생각보다 시간이 촉박했다. 마희대가 잘 버티고 있을 줄 알았건만 설마 폭마공으로 자폭을 시도하며 곽수린을 도망치게 할 줄은 몰랐던 진천이었다.

진천이 검을 검집에 넣음과 동시에 그의 모습이 사라졌다.

엄청난 속도로 바닥을 박차며 빠르게 나아갔다. 길게 뻗은 풀들만을 밟으며 뻗어나가는 모습은 초상비의 극치라고 표현해도 과언이 아니었다.

밤하늘 아래 음산하게 일렁이는 들판을 지나쳐 살기가 풍겨오는 곳으로 향했다.

'저기 있군.'

진천의 눈에 들어온 것은 지희가 자신의 목을 베려고 하는 모습이었다. 내력이 회오리치는 것으로 보아 폭마공과 같은 방식으로 자폭하여 독을 뿌리는 수법이었다.

"안 돼!"

곽수린의 목소리가 들려왔다. 지희가 검에 힘을 줄 때였다.

"무, 무슨?"

지희는 멍하니 자신의 손을 바라보았다. 그녀의 손에 들려 있던 검은 사라지고 없었다. 주변에 있던 모두가 눈을 부릅뜨고 바라보고 있었는데 검이 사라진 것이다.

"좋은 검이군."

지잉!

옆에서 울리는 검명과 목소리에 곽수린과 지희, 그리고 다른 모두의 시선이 그에게로 향했다.

진천은 지희의 검을 바라보며 작게 감탄하고 있었다. 독마가 딸에게 선물을 해준 모양인지 상당한 명검이었다.

"소, 소마!"

"소마 과, 곽문진!"

이검주와 삼검주가 곽문진이라는 이름을 입에 담았다.

곽수린은 눈을 동그랗게 뜬 채로 진천을 바라보았다. 너무나 놀라 어떤 반응도 보일 수 없는 상태였다.

"소마님."

"또 보는군."

지희의 눈시울이 붉어지기 시작했다. 다리에 힘이 풀렸는지 바닥에 털썩하고 주저앉았다.

"문진아……."

"누이."

"네가 어떻게 여기에……?"

진천은 곽수린을 바라보았다.

“이곳을 접수하러 왔다만 방해꾼이 있었군.”

진천이 이검주와 삼검주를 바라보았다. 그들은 갑작스러운 진천의 등장에 어찌 할 바를 몰라 했다.

그도 그럴 것이 진천은 대외적으로 독마와 동수를 이루었다는 극강의 고수이자 혈마지체를 완성한 소마였다.

“이, 일단 후퇴를 하고 주군께 알리시는 것이 좋겠습니다!”

삼검주의 말에 이검주가 후퇴 명령을 내리려 할 때였다. 진천은 지휘의 검을 하늘 위로 던졌다. 높게 날아가는 검을 마검대의 모두가 바라보았다.

하늘 위로 오르던 검에서 감강이 치솟았다. 피처럼 붉은 검강은 보름달을 가리며 주변을 붉게 만들었다.

“한 놈도 도망갈 수 없어.”

진천은 그들을 놓아줄 생각이 추호도 없었다. 이 자리에서 모두 죽을 것이다. 혈마검강이 치솟은 검이 빠르게 움직이며 주변에 있는 마검대원들에게로 뻗어나갔다.

“이, 이기어검!”

“피해라!”

그들은 후퇴를 하려고 했지만 그럴 수 없었다.

진천의 이기어검은 그들의 경공을 아득히 뛰어넘고 있었다. 붉은빛이 번쩍이는가 싶더니 마검대원들의 육체가 토막 나며 바닥에 떨어졌다.

토막 난 육체는 혈마기에 의해 폭발하며 주변을 휩쓸었다.

"거, 검에도 일가견이 있었던가!"

"단순한 혈마지체가 아니야!"

이검주와 삼검주는 진천의 이기어검을 보며 그렇게 말할 수밖에 없었다.

이기어검은 검을 쓰는 자라면 누구나 추구하는 경지였다. 완숙한 현경에 들어서 얻는 깨달음과 막대한 내공을 바탕으로 펼치는 그야말로 상승경지의 검법이었다.

그런 이기어검을 단순히 혈마지체를 이루었다고 쓰는 것은 말이 되지 않았다.

진천은 검을 뽑았다. 지희의 검이 마검대원들을 도륙하고 있는 와중에 검을 뽑아 든 것이다.

이검주와 삼검주가 후퇴를 포기하며 신중한 표정으로 검을 들었다.

몸 상태가 최상이라고 해도 진천의 상대가 안 될 텐데 그들은 부상을 입은 상태였다.

"하앗!"

"이앗!"

이검주와 삼검주가 검강을 뿜어내며 진천을 향해 달려들었다.

검에 자부심을 느껴도 될 만큼 그들은 검에 대한 공부가 대단했다

날카롭고 빠른 검법은 누구에게나 치명적으로 작용할 만큼 위력적이었다.

상대가 진천이라는 것이 아쉬울 따름이었다. 진천은 검들의 궤적을 바라보다가 손에 든 검을 가볍게 휘둘렀다. 혈마검강이 폭사되며 그들의 검과 몸을 훑고 지나갔다.

박살 난 그들의 검이 바닥에 꽂히고 지희의 검 역시 바닥에 꽂혔다.

털썩!

진천이 검을 내리는 순간 이검주와 삼검주의 몸이 비스듬하게 잘리며 바닥에 떨어졌다. 이곳에서 그렇게 난리를 친 것 치고는 허무한 최후였다.

진천은 그들의 시체를 바라보다가 고개를 돌릴 뿐이었다.

곽수린과 지희의 시선이 느껴졌다. 그들은 멍한 표정으로 진천을 바라보고 있었다.

너무나 압도적인 무위를 보았기 때문일까?

그녀들은 좀처럼 입을 뗄 수 없었다.

"정말… 문진이니?"

"아닐 수도 있지."

"건방진 걸 보니 너 맞구나."

곽수린은 복잡한 표정이었다. 그녀의 얼굴에서 죄책감과 슬픔, 그리고 분노가 느껴졌다.

진천을 향해 무언가 말을 하려고 시도했지만 입술만 달싹일 뿐이었다.

"날 구해준 이유가……."

"그 이야기는 조금 이따가 하도록 하지."

진천은 고개를 돌려 들판을 바라보았다. 곽수린과 지희 역시 진천이 바라본 곳을 향해 시선을 돌렸다. 거대한 덩치를 지닌 중년의 남자가 걸어오고 있었다.

"악검마제……!"

곽수린이 그를 알아보았다. 검마가 진천의 앞까지 걸어왔다. 검마의 기세가 넘실거렸지만 진천은 여전히 여유로웠다.

"소마가 야밤에 어인 일인가?"

"검 하나 믿고 설쳐대는 놈을 잡으러 왔지."

검마는 인상을 구겼다.

"오만방자하구나!"

"그건 너겠지. 뭘 믿고 내 앞에 선 거지?"

"뭐라?"

진천의 입꼬리가 올라갔다.

"저기 토막 난 놈들처럼 되고 싶나?"

"소마라고 해서 내가 봐줄 것 같은가?"

"난 널 조금 봐주고 있는데."

검마의 얼굴이 한층 더 일그러졌다. 검마는 검을 뽑고는 진천에게 겨누었다.

"여기서 네놈을 죽인다면 곽사준은 확실히 소교주가 되겠지. 운이 없는 자신을 원망해라."

검마의 살기가 주위를 덮었다. 진천은 하품을 하며 어깨를 으쓱할 뿐이었다.

"검을 제법 잘 다룬다던데, 구경 한번 해볼까."

과연 수라검법과 비교해 어느 정도까지 따라올 수 있는지 궁금했다.

진천은 애초부터 검마의 검법이 수라검법에 훨씬 미치지 못한다고 생각했다. 수라검법은 순리와 역천을 모두 담고 있는 최강의 검법이었다.

검마가 역천을 깨닫지 못하는 이상 수라검법을 넘어설 방도는 존재하지 않았다.

진천이 허리춤에 있는 낡은 검을 가볍게 뽑아 들자 검마는 비웃음을 흘렸다.

검으로 자신을 대적하려 하니 참으로 어리석게 느껴진 것이다.

검마는 진천과 곽수린을 번갈아 바라보았다. 두 소마가 자신의 앞에 무릎을 꿇는 것을 상상하니 통쾌해졌다.

"안타깝게도 곽사준은 네년의 모든 것이 없어지길 원한다. 네년이 몰래 거둔 쓰레기들도 철저히 죽여주지."

"닥쳐라!"

"이미 죽었을 것이다. 일검조가 갔으니 말이야. 하하하하!"

곽수린이 안색이 새파랗게 변했다. 검마의 말이 타격이 큰지 비틀거리다가 주저앉았다.

그녀의 눈에서는 눈물이 흘러내리고 있었다. 지희는 그런 곽수린을 끌어안고는 검마를 노려보았다.

"후후, 살려오라고만 했으니 조금 손봐도 상관없겠지."

"약한 놈이 입만 살았군."

진천은 여전히 아무렇지도 않은 표정이었다. 검마를 바라보며 고개를 설레 저었다.

"일검조라 했나?"

진천은 검마를 바라보며 부드러운 미소를 지었다. 검마는 그 미소에 잠시 멈칫하다가 주위에서 느껴지는 기척에 진천을 노려보았다.

"월영쌍희."

"예, 주군."

"부름을 받고 왔사옵니다."

월영쌍희가 진천의 앞에 나타나며 부복했다.

검마의 눈썹이 꿈틀거렸다. 그녀들에게서 진한 피냄새가 났기 때문이다.

"보고하라."

"일검조 51명."

"모두 목을 베었습니다."

월영쌍희의 주변에 십마화가 나타나며 무언가를 검마 앞에 던졌다.

검마는 그것을 본 순간 얼굴이 완전히 일그러졌다. 51개의 머리가 검마의 앞에 수북하게 쌓이고 있었기 때문이다.

"마검대 전원이 사라졌군."

"네, 네 이놈!!"

"그러게 약한 놈이 왜 덤벼?"

진천이 손가락을 튕기자 삼매진화가 일어나며 수급들을 모조리 태워 버렸다.

검마는 갑작스럽게 느껴지는 진천의 방대한 내력에 놀라며 주춤거렸다. 월영쌍희와 십마화가 진천의 곁에 있었다. 그리고 곽수린 역시 50위의 고수였다. 저 모두를 상대할 수 없었다.

"사람들은… 촌락 사람들은 무사한가요?"

"전원 무사합니다."

"주군의 명대로 접근하는 모든 것을 죽였습니다."

곽수린이 월영쌍희에게 묻자 월영쌍희가 그렇게 대답했다.

곽수린은 겨우 안심하며 몸을 일으켰다. 진천에 대한 고마움을 어떻게 표현할 방법이 없었다.

"생사결전을 신청한다."

검마가 그렇게 말했다. 모든 것을 걸고 생사결전을 하기를 원했다.

물론 유리한 상황인 진천에게는 거절할 권리가 있었다.

"그러도록 하지."

진천이 승낙하자 곽수린이 진천의 팔을 잡았다.

"무, 무슨 생각이니? 같이 검마를 친다면……!"

"저쪽에서 가진 걸 다 준다는데 거절할 수는 없지 않나."

진천이 검마에게로 걸어가자 곽수린과 지희가 그를 잡으려 했다. 하지만 그렇게 할 수 없었다.

월영쌍희와 십마화가 그녀들을 둘러싸며 가지 못하게 했다.

"마, 말려야 해요!"

"주군께서는 저런 약한 자에게 발악할 자비를 베풀고 계신 겁니다."

"기다려 보세요."

곽수린의 말에 월영쌍희가 그렇게 말했다.

검마는 다가오는 진천을 비웃었다.

무공이 강하고 똑똑하다고는 하지만 역시 애송이는 애송이었다. 패기를 부려 목숨을 잃게 생겼으니 말이다.

스릉!

검마가 검을 치켜들며 진천을 바라보았다.

진천은 가볍게 검을 휘저으며 검마에게 손가락을 까딱였다.

"그럼 발악해 봐라."

"건방진……!"

화가 머리끝까지 치솟은 검마는 전신내력을 개방했다. 검마의 검에서 검강이 폭사되며 주변을 어둡게 만들었다.

마공으로 만들어진 검강은 탁한 보라빛이었다. 검마라는 이름답게 굉장한 기세였다.

검마의 신형이 흐려지더니 진천의 앞에 나타났다. 검마의 검법인 자악마검(紫惡魔劍)이 진천의 몸을 가를 기세로 펼쳐졌다.

흉폭하게 느껴질 정도로 거칠고 강한 참격이었다.

터엉! 터엉!

폭발할 듯 일렁이는 검마의 검을 진천은 그 자리에서 가볍게 검을 휘두르는 것만으로 막아냈다.

검마는 진천이 자신의 검을 가볍게 막자 당황하며 더욱 빠르게 초식을 전개했다.

그 순간 진천의 검에서 붉은 검강이 치솟았다. 서른 합이 넘도록 방어만 하던 진천이 드디어 움직이기 시작했다.

터엉!

진천의 검이 검마의 검을 밀어냈다.

검마는 흠칫 놀랄 수밖에 없었다. 진천이 지금 펼치는 초식이 자신의 것과 똑같았기 때문이다. 초식과 초식이 겹치며 검마의 검로를 막아내고 있었다.

검마는 경악하며 뒤로 빠르게 물러나 진천을 바라보았다.

"네, 네놈이 어찌 자악마검을 익혔느냐!"

"방금 네 것을 보고 익혔다."

"마, 말도 안 되는 소리! 자악마검을 한 번 본 것으로 익힌단 말이냐!"

진천은 별거 아니라는 듯 고개를 끄덕였다.

"결국 검법은 거기서 거기더군. 인간의 몸으로 펼칠 수 있는 검로는 정해져 있게 마련이지."

"그럴 리가 없다. 나는 무형의 경지에 이르렀다. 네놈이 나의 초식을 간파할 수 있을 리 없다!"

"무형의 경지는 팔을 안 휘두르나? 결국 인간의 검법일 뿐이야."

진천은 무수한 비급을 익혔다. 그것이 진천에게 혜안을 만들어주었다.

보는 것만으로 무공 그 자체를 익힐 수는 없지만 초식은 충분히 흉내 낼 수 있었다.

흉내 낸다고는 하나 순리와 역천을 모두 아는 진천이 펼친 것이 더 뛰어날 것이다.

진천의 미소에 검마는 순간적으로 두려움을 느꼈다.

"너는 남의 밑에 있을 인간이 아니군. 스스로가 조금만 노력하면 천마지존을 넘을 수 있다고 생각하겠지. 그러나 이런 검으로는 절대자가 될 수 없다."

"네놈이 무엇을 안다고 지껄이는 것이냐!"

자신이 쌓아온 모든 내공이 부정당하는 느낌에 검마는 소리를 질렀다. 이미 평정심이 깨지고 두 눈이 흔들리고 있었다.

"진짜 검법을 보여주지."

진천은 그렇게 말하며 검을 내렸다. 혈마신공을 바탕으로 수라검법을 변형시켜 펼칠 생각이었다.

그러나 혈마신공만으로는 수라검법을 제대로 운용할 수 없기에 수라역천신공의 묘리를 조금 담아내야만 했다. 이곳에 검마만 있다면 수라역천신공을 펼쳤겠지만 보는 눈이 많았다.

두드드드!

진천의 주위에 핏빛 기류가 뿜어져 나왔다. 유형화된 강기가 넘실거리는 풍경은 전율스러웠다.

검마조차 긴장하며 주춤 물러날 정도였다.

혈마신공(血魔神功).

하늘을 덮어버릴 듯 핏빛 강기가 치솟았다.

혈마강림(血魔降臨).

진천의 내력이 더욱 터져 나오며 주변을 휩쓸었다. 들판에 있던 갈대들이 모조리 잘려 나가며 사라졌다.

진천의 모습은 붉었다. 핏빛 기류에 휩싸여 있는 모습은 지옥에서 올라온 악귀의 모습을 보는 듯했다.

"혀, 혈마, 혈마신!"

검마가 그 말을 입에 담았다.

혈마지체를 넘어선 것이 바로 혈마신이었다. 그것은 초대 천마지존이 남겨놓은 문헌에만 존재하는 것으로 그 누구도 실제로 본 적이 없으나 실제로 보게 되면 혈마신임을 깨닫게 된다고 적혀 있었다.

검마의 온몸이 떨리고 있었다. 천마지존에게 느꼈던 두려움을 넘어서는 무언가가 그를 뒤흔들었다.

곽수린과 지희 역시 몸을 떨며 진천을 바라보았다.

진천의 검이 자신들을 향해 있지는 않았지만 보는 것만으로도 극도의 공포에 빠져들고 있었다.

진천이 입가에 미소를 지우는 순간이었다.

수라검법(修羅劍法) 혈마천하(血魔天下).

진천의 검이 휘둘러졌다. 그 자리에서 가볍게 휘두르자 진천의 주변에 넘실거렸던 강기들이 검마에게 향해 빠르게 나아갔다.

검마는 다급히 전신내력을 개방하며 강기들을 쳐냈지만 호신강기가 박살 나며 전신에 상처가 생기기 시작했다.

파아앗!

상처가 터져 버리며 피가 뿜어져 나왔다. 뿜어져 나온 피는 바닥에 떨어지지 않고 하늘에 떠다니다 혈마강기로 모습이 바뀌기 시작했다.

이것이 혈마신공의 진정한 모습이었다. 수라역천신공의 묘리가 섞여 완전에 가까워진 혈마신공이었다.

"크아아악!"

자신이 흘린 피로 공격을 당하는 모습은 너무나 처참했다. 상처가 늘어나고 피가 더욱 많이 뿜어져 나올수록 생성되는 강기의 숫자가 늘어났다.

강기는 모두 이기어검의 묘리를 담고 있었다. 검마 역시 그의 검법을 전력으로 펼치며 막아내고 있기는 하지만 수많은 강기를 막아내는 것으로도 벅찼다.

마교에서 손꼽히는 고수답게 진천이 어느 정도 진심으로 펼친 수를 막아는 내고 있었다. 하지만 막아내는 것만으로는 부족했다.

쏘아져 나가는 강기와는 다르게 진천의 두 손은 자유로웠다.

휘익!

한차례 바람이 불었다. 검마는 무언가가 자신을 스쳐 지나간 것을 감지했다. 신법을 전개해 피하기는 했지만 이미 그것은 자신의 몸을 스쳐 지나간 뒤였다.

검마의 고개가 옆으로 돌려졌다. 그곳에 보이는 것은 검을 털며 혈마검강을 없애고 있는 진천이었다. 검마의 눈이 크게 떠지는 순간 검이 들린 그의 팔이 바닥에 떨어졌다.

"크으윽!"

다급히 점혈로 출혈을 막았지만 상처가 터져 나가며 그의 몸이 비틀거렸다.

검수가 팔을 잃는다는 것은 모든 것을 잃는 것과 같았다. 진천이 내력을 거두자 핏빛 기류가 사라지며 다시 고요한 밤이 찾아왔다.

진천은 바닥에 떨어진 검마의 팔을 삼매진화로 태운 다음 그의 검을 집어 들었다.

"좋은 검이군."

단천검보다 더 좋은 검이었다. 천하의 명검이라고 해도 손색이 없을 정도였다. 진천이 손을 뻗자 검마가 가지고 있던 검의 검집이 진천의 손에 빨려 들어왔다.

검마는 굴욕감에 몸을 떨었다. 진천에게 이토록 허무하게 패배한 것이 납득이 되지 않지만 받아들일 수는 있었다.

하나 자신은 마치 아무것도 아니었다는 듯 자신의 검을 빼앗고 검만을 바라보는 모습은 그에게 엄청난 굴욕감을 선사해 주었다.

"졌다, 죽여라."

검마는 그렇게 말할 수밖에 없었다. 오른팔을 잃은 이상 그는 더 이상 반항을 할 수 없었다. 진천이 드디어 검마에게 시선을 돌렸다.

"네 세력은 내가 가지도록 하지."

생사결전에서 패했으니 모든 권한은 진천에게 있었다. 검마는 묵묵히 고개를 끄덕였다.

"아! 그리고 난 너를 죽이지 않을 거야."

진천은 씨익 웃으며 검마를 바라보았다.

검마는 진천의 웃음에 강한 두려움을 느꼈다. 검마의 이름은 명단에 존재했다.

진천의 손이 움직였다. 단번에 검마를 점혈한 진천은 검마의 몸에 자신의 내력을 불어넣었다.

"크, 크아아아악!"

검마의 혈맥을 따라 진천의 내력이 돌기 시작하며 모든 것을 먹어치웠다.

우두두둑!

혈맥이 파열되고 근육과 뼈가 뒤틀렸다. 단전이 마치 바람이 빠진 것처럼 쪼그라들어 버렸다.

선천지기까지 손상되어 검마의 모습은 완전히 노인이 되어 버렸다. 머리카락이 대부분 빠지고 얼굴에 주름이 가득하게 변했다.

"내, 내공이……!"

거기서 끝나지 않았다. 진천은 검마의 모든 힘줄을 잘라 버리며 스스로 죽지도 못하게 만들었다.

한 순간에 마교의 고수에서 폐인이 되어버린 검마였다.

온몸에 힘이 빠져 버려 서 있을 수조차 없었고 말조차 제대로 못 하는 검마는 애벌레처럼 바닥에 꿈틀거릴 뿐이었다.

"어울리는군."

"으, 으어어어어!"

"딱 어울려. 하하."

진천의 나지막한 웃음소리가 불길하게 울려 퍼졌다. 곽수린과 지희는 진천의 모습을 보며 몸을 흠칫 떨었다.

월영쌍희는 황홀한 눈으로 진천을 바라보고 있었고 십마화는 전율을 느끼며 충성을 다짐했다.

"누이."

진천이 고개를 돌리며 곽수린을 바라보았다.

"우리가 나눌 이야기가 좀 있을 것 같군."

"…그렇겠지."

"이야기 전에 부탁 하나만 하지."

곽수린이 고개를 끄덕였다.

진천은 검마를 손가락으로 가리키며 다시 입을 떼었다.

"이놈, 맡겨도 될까?"

"그래, 쉽게 죽이지는 않을게."

곽수린은 검마를 바라보며 고개를 끄덕였다. 그녀의 성품이 착하기는 하나 마회대를 전멸시킨 검마에게 자비를 베풀지는 않을 것이다.

그녀는 부처가 아니니 말이다.

제7장
군림

검마의 세력은 마교에서도 상당히 큰 부지를 차지했다.

그가 쌓아올린 부는 대단했다. 마검궁(魔劍宮)은 교주가 기거하는 천마궁을 제외하고는 제일 크고 화려했다.

마검궁에 기거하는 시녀들만 해도 수백에 달할 정도였다. 게다가 마교의 중심에 위치해 있어서 다른 세력으로 뻗어나가기 유리한 곳이었다.

진천이 검마를 꺾고 그를 폐인으로 만들었다는 소문은 순식간에 퍼져 나가 모두를 들썩이게 만들었다.

독마보다 반수 앞선다는 검마를 철저한 폐인으로 만들어

마본천녀와 함께 살아도 산 것이 아니게 만들었다는 소문은 마교인들을 흥분시켰다.

그야말로 차기 천마지존다운 모습이었기 때문이다. 자신에게 반항하는 자들을 완벽히 박살 내고 모든 것을 지배하는 지존의 모습이었다.

마교의 역사 이래 소마의 신분으로 서열 십위 내의 고수를 차례대로 격파한 자는 없었다. 현 교주조차 천마신공을 얻고 난 후에야 복종을 받아냈을 뿐이었다.

일이 이렇게 되니 곽사준은 더 이상 대세로 있을 수 없었다. 누구보다 교주에 어울리는 자가 곽문진이라는 말들이 커져갔고 어느덧 이에 동조하는 세력들이 급속도로 생겨났기 때문이다. 요컨대 줄을 서고 있는 것이다.

진천은 호화스러운 마검궁에서 곽수린과 함께 앞으로의 일들에 대해 이야기를 나누고 있었다. 호위의 자격으로 지희 역시 같이 자리했는데 그녀의 표정은 밝아 보였다.

"그래서 내 밑으로 들어오겠다는 건가?"

"나에게 거부권은 없잖아. 게다가……."

곽수린은 차를 마시고 있는 진천을 바라보았다. 그가 어떤 요구를 해오더라도 받아들일 수밖에 없었다.

친혈육이었지만 마교에서는 그것이 크게 중요하지 않았다. 그는 검마를 압도하고 그녀를 구해준 고수였다. 과거의 나약

하던 곽문진과는 천지차이였다.

'그동안 모두를 속인 거겠지.'

곽수린은 그렇게 생각할 수밖에 없었다. 누구보다 강력한 권력을 갖기 위해서 곽사준에게 붙을 만한 잡졸들을 쳐낼 의도를 가지고 있었을 것이다.

그렇게 생각하니 그의 무공이 이해가 되었다. 그는 어렸을 때부터 누구보다도 총명하고 천재적인 재능을 지닌 아이였다.

"내가 거둔 사람들을 보호해 주고 앞으로 내가 그러한 일들을 하는 것에도 지원을 해준다고 하니 나로서는 어떻게 감사를 표해야 할지 모를 정도야. 어째서 나에게 그런 제안을 한 거지?"

"내가 어렸을 적에 약을 보내줬지."

진천의 말에 곽수린은 입을 다물며 진천의 시선을 피했다. 진천은 곽문진이 남긴 기록을 보고 알고 있는 것이었다.

"나는… 그것으로 널 외면했을 뿐이야. 우스웠겠지."

"아니에요. 주군께서는 짊어져야 할 사람들을 위해서……."

곽수린의 말에 지희가 반박하며 말했다.

진천도 어느 정도 사정은 알고 있었다. 그녀는 약자들을 보호하고 있었고 곽문진을 도움으로써 그것이 더 표면화된다면 둘 다 위험해질 거라는 것을 알고 있었다.

곽사준이 두고 보지 않을 것이었기 때문이다. 오늘 같은 일이 진작에 발생할 수도 있었던 것이다.

그래도 곽수린은 몰래나마 지속적으로 돕기 위해 노력해 왔다. 강자지존인 마교의 법칙을 따르지 않고 말이다.

진천은 자신에게 이런 기회를 준 곽문진에게 보답하는 의미로 곽수린을 보호해 주는 것도 나쁘지 않을 것 같았다.

"그저 아량을 베푼 것뿐이다. 동정이나 아량 역시 강자가 가지는 특권이지."

"나에게 원하는 것은? 내가 네 밑에서 뭘 해주길 원하지?"

"아무것도."

진천은 들었던 찻잔을 내려놓았다.

"약자의 도움 따위 받아봤자 거슬릴 뿐이다. 괜히 방해하지 말고 그냥 마희소에 예전처럼 지내라. 그게 도와주는 것이다."

진천이 곽수린에게 그렇게 말하자 곽수린은 눈을 동그랗게 뜨며 진천을 바라보았다.

지희는 입가에 미소를 지으며 진천을 바라보고 있었다.

"그럭저럭 쓸 만한 놈들을 추려서 마희소로 보내도록 하지."

"고마워."

"감사합니다."

곽수린은 겨우 웃음을 되찾을 수 있었지만 마희대가 생각났는지 손이 조금씩 떨리고 있었다. 그런 그녀의 손을 지희가 잡아주었다.

진천은 그 모습을 보며 아무리 봐도 마교와 어울리지 않는다고 생각했다. 그랬기에 소마의 신분이지만 그런 취급을 당하고 죽을 뻔한 것이다.

마음까지 교활하고 강하지 않으면 살아남을 수 없는 곳이 바로 마교였다.

'그러니 내가 도구로 쓰기에는 딱이지.'

본래부터 강한 자를 따르는 것이 그들의 일이니 진천이 무슨 짓을 하든 다 따라올 것이다. 소교주가 되고 천마지존이 된다면 말이다.

곽사준을 고통스럽게 죽이는 것은 본격적으로 움직이기 전의 여흥에 불과했다.

'독마 역시 해결되었군.'

곽수린이 진천의 아래로 들어왔으니 지희 역시 마찬가지였다.

검마가 제압되자 독마가 바로 그것을 알아채고는 찾아오겠다고 연락을 보내왔다.

독마의 세력은 이미 진천의 것이 되었다고 봐도 무방했다.

"검마는?"

진천이 지희를 바라보며 물었다.

"일단 마희소의 지하에 가두어놓고 무공을 빼내고 있습니다만… 정말로 저희가 다루어도 괜찮은 건가요?"

"검마의 무공 따위 어떻게 되든 상관없다. 그저 최대한 고통스럽게 살아 있게만 하면 된다."

"알겠습니다."

검마의 무공은 마교에서도 대단히 뛰어난 무공이었지만 진천은 별 관심이 없었다.

검마의 무공은 곽수린이 세력을 다시 일으키는데 힘이 되어줄 것이다.

그녀가 착한 성품을 지니고 있기는 해도 마교인의 피가 흐르고 있었다. 지금 그녀는 곽사준에 대한 분노가 넘쳐나고 있었다. 가족처럼 지내온 마희대를 잃었으니 그 한은 주변의 온도를 낮출 정도로 대단했다.

곽수린이 진천에게 다가와 무릎을 꿇었다. 지희 역시 그녀의 뒤에서 무릎을 꿇고 고개를 조아렸다.

진천의 제안을 모두 받아들이고 주군으로 모시겠다는 의미였다.

"그런 예는 필요 없어."

"하나 이렇게 하지 않으면 흠이 잡힐 우려가 있습니다. 특히 곽사준이 무슨 수를 쓸지……."

곽수린이 그렇게 말했다.

진천은 피식 웃었다.

"그런 놈들 따위 다 죽여 버리면 돼. 강자지존이잖아? 나는 내가 하고 싶은 대로 한다."

주변에서 뭐라 하든 상관없었다. 어차피 반항하는 놈들은 다 박살 낼 생각이었다.

진천이 원하는 것은 지금 천마지존을 대하는 것 이상의 절대복종이었다.

죽으라면 그 자리에서 죽을 자들만 필요했다. 무림맹을 칠 생각이니 복종하지 않는 놈들이 있으면 곤란했다.

"그럼 편히 있다 가라고."

진천은 그렇게 말하며 자리에서 일어났다.

곽수린과 지희의 표정은 한결 편해지기는 했지만 여러모로 복잡한 기색이 엿보였다.

진천은 그녀들을 지나쳐 마검궁의 지하 창고로 향했다.

그곳에는 검마가 끌어 모은 온갖 재보가 있었는데 그 규모는 무림맹에 비해 작았지만 무림맹에서 볼 수 없었던 온갖 진귀한 것들이 가득했다.

검마는 가지고 싶은 것은 무슨 수를 써서라도 가졌기에 하나하나가 모두 보물이라 부를 만했다.

'이제 돈은 걱정할 필요가 없겠군.'

재보는 많으면 많을수록 좋았다. 마교를 손에 넣는다고 해도 다른 준비를 해야 했기 때문이다. 대표적인 예가 강력한 수라귀를 만드는 것이었다.

천마지존이 된다면 순조롭게 일을 진행할 수 있을 것이다.

"소림에서 약탈한 건가?"

영약이 보관되어 있는 곳으로 가보니 소림대환단이 보였다.

현문대사를 암살했을 당시에 소림에서 약탈해 온 것이 분명했다.

진천에게는 별 필요 없는 것이지만 대환단은 무림맹에도 없는 굉장히 귀한 영약이었다. 어쩌면 검마는 이것을 위해 암살행에 따라갔는지도 몰랐다.

"마침 잘 되었군."

하청단을 만들기 딱 좋은 곳이었다. 그리고 마교에는 죽어나가는 사람들이 굉장히 많으니 좀 더 강한 수라귀를 만들 수 있을 것이다.

마교에는 강시를 제조하는 방법이 전해져 내려온다고 하니 좋은 참고가 될 수도 있었다.

"슬슬 만들어볼까?"

진천은 급하지 않았다. 하청단을 만들며 심상 수련을 하는 것도 나쁘지 않을 것 같았다.

*　　　*　　　*

독마는 독룡각에서 나와 마희소로 향했다. 마희소에 들어오기까지 그를 막아서는 자는 존재하지 않았다.

워낙 그의 신법이 뛰어난 것도 있었고 마희소를 지키고 있는 자들은 마희대가 아닌 그 휘하의 일반 무사였기 때문이다.

일류에 못 미치는 실력으로는 독마의 기척조차 느낄 수 없었다.

마희소는 독마로서도 처음 와보는 곳이었다.

검마와 곽사준의 견제로 쉽게 움직일 수 없었기 때문에 그는 늘 독룡각에 있었다. 이제는 상황이 바뀌어 제법 자유로워졌다.

마희소는 곽문진의 세력에 들어간 것과 다름없었고 자신 역시 그러할 것이다.

'남은 것은 곽사준과의 전면전이겠군.'

세력 자체는 비등비등해진 것과 다름없었다. 세력만 놓고 본다면 비등비등해졌지만 곽사준보다 훨씬 유리한 위치에 있었다.

곽사준은 뒷작업을 통해 세력들을 끌어모은 것이지만 곽문진은 달랐다. 스스로가 직접 나서서 우두머리들을 쳐 죽이고 강력한 집권체제를 만들어 지배자로 군림하고 있는 것이다.

독마가 생각하기에도 곽문진은 천마지존에 너무나 어울리는 자였다.

문헌에나 존재하는 초대 천마지존이 환생한 것이 아닐까하는 생각이 들 정도였다.

'이제 줄을 대지 않은 자들도 움직이겠지.'

교주가 탄생할 때까지 줄을 대지 않고 교주에게만 충성을 맹세했던 세력도 제법 많았다. 하나 지금은 상황이 달라졌다.

곽문진의 기세를 보건데 자신에게 오지 않는 세력은 모두 처참히 부숴 버릴 것 같은 모습을 보여주고 있었다.

"호오."

촌락이 보였고 밭일을 하고 있는 자들이 보였다.

과거에 교주에게 도전했다가 폐인이 된 노인도 보였다. 독마는 그것을 보고 고개를 끄덕였다.

누군가는 마교의 업보를 거두어야 했다. 그 역할을 하는 자가 바로 소마 곽수린이었다. 독마의 딸은 그런 면에 곽수린에게 주군의 충성을 맹세한 것이었다.

"마교와 평화는 어울리지 않지."

투쟁의 역사였다. 그리고 그것은 앞으로도 그럴 것이다.

독마는 고개를 끄덕이며 검마가 갇혀 있는 지하 감옥으로 향했다. 낡은 건물의 지하에 마련되어 있는 감옥은 절정고수 정도라면 능히 탈출할 수 있을 정도였지만 아쉽게도 검마는 그럴 힘이 없었다.

독마가 다가가자 보초를 서고 있는 자들이 보였다. 어두운 통로에 횃불을 들고 있던 보초들이 독마가 다가오는 것을 발견하자 긴장하며 무기를 들었다.

"긴장할 것 없네."

"천독마제(天毒魔帝)님이 아니십니까?"

"독마일세."

백도무림, 그리고 마교에서는 천독마제라 불리고 있는 독마였다.

"잠시 그와 이야기를 나눠보고 싶네. 물러나 줄 수 있겠나?"

"그럼 저 앞에서 기다리고 있겠습니다."

보초들은 순순히 물러났다. 독마는 검마에게 다가갔다.

검마의 상태는 처참했다. 그 잔혹한 검마라고는 도저히 보이지 않을 정도였다.

"처참하구려."

"으, 으흐흐."

검마는 낮은 웃음을 흘릴 뿐이었다. 턱에 힘이 들어가지 않아 침이 줄줄 흐르고 있었다. 누가 보더라도 제정신이 아닌 것으로 보였다.

마희대를 죽음으로 몰아넣고 곽수린을 곽사준에게 넘기려 했으니 그가 이곳에서 좋은 취급을 받을 수는 없을 것이다.

독마는 그를 바라보며 고개를 설레 내저었다.

그는 자신의 딸인 지희 역시 곽사준에게 넘기려 했다.

독마는 검마를 없애기 위해 온 것이었다.

그가 살아 있다면 어떤 식으로든 복수를 할 것이고 그렇다면 지희가 위험해질 것이다.

하지만 그의 처참한 몰골을 보니 회생가능성은 절대 없어 보였다.

단전과 혈맥, 힘줄이 모두 파괴되어 있었으니 말이다. 게다가 모든 것을 잃은 충격 때문인지 정신이 나가 있었다.

그를 죽이는 것은 자비를 베풀어주는 것이었다. 독마는 손에 독강을 형성했다가 손을 내리며 그것을 흩어버렸다.

“새로운 천마지존은 이미 정해진 것과 다름없군.”

독마는 고개를 설레 젓고는 등을 돌렸다. 독마가 지하 감옥 출구로 다가가자 보초들이 다시 다가왔다.

“처분은 어떻게 된다고 하던가?”

“주군께서 저놈에게 똥지게를 지게 하겠다고 하시더군요. 아마 며칠 뒤부터는 투입될 겁니다.”

“허허허, 시대를 풍미한 검객에게 똥지게라…….”

“단 하루도 쉬지 못하고 그리 살아가게 될 것입니다. 절대 죽게 하지 말라는 당부가 있었습니다.”

독마는 고개를 끄덕였다.

검마를 그런 취급할 자는 곽문진밖에 존재하지 않았다. 마교에서 큰 명성을 날리고 백도무림을 벌벌 떨게 만든 검마가 이제는 똥지게를 짊어지며 평생을 살아가야 했다.

그보다 더한 치욕이 어디 있을까?

참으로 두려운 자였다. 보초를 서고 있는 하급무사의 표정을 보니 곽문진에 대한 충성이 대단히 깊다는 것을 알 수 있었다.

독마가 묻자 그들은 부드러운 웃음을 지으면서 입을 떼었다.

"저희 같은 자들에게 무공과 직책, 그리고 봉급을 하사해 준 분이십니다."

"강해질 기회를 주신 분이니 어찌 목숨을 바쳐 따르지 않을 수 있겠습니까?"

곽사준과는 다르게 곽문진은 정치를 할 줄 알았다.

독마는 그들을 지나쳐 마희소를 빠져나와 곽문진이 있는 곳으로 향했다.

곽문진을 진정으로 따르기 위함이었다. 그는 마교의 법도를 넘어 충성을 바쳐도 될 만한 자였다.

"천독마제님이시군요."

"주군께서 기다리고 계십니다."

마검궁에 도착한 독마 앞에 월영쌍희가 나타났다.

독마는 찾아올 것을 알리지 않고 기척을 숨기며 마검궁에 도착했건만 곽문진은 자신이 올 것을 알고 있었던 모양이었다.

"대단히 강해졌군."

독마는 월영쌍희를 보며 감탄했다.

그녀들의 무위는 마본천녀 밑에 있었을 때보다 훨씬 상승해 있었다. 월영쌍희가 동시에 덤빈다면 독마 역시 목숨을 걸어야 할 정도였다.

월영쌍희는 마검궁의 중앙까지만 그를 안내했다. 도중에 나타난 십마화 역시 독마를 긴장하게 만들었다.

마검궁에 중앙에는 그 어떤 인기척도 느껴지지 않았다.

"천독마제."

흠칫!

갑작스럽게 들려오는 목소리에 독마는 긴장하며 뒤를 바라보았다. 그곳에는 그가 알고 있는 사내가 서 있었다.

"오! 마천검군(魔天劍君)이 아니신가!"

"오랜만이오."

"허허, 자네의 소식은 늘 듣고 있었네만 이리 보게 되니 기쁘군."

독마는 마천검군 고명진과 교류가 있었다. 과거 그와 술을 나누었던 추억이 떠오르자 입가에 미소가 그려졌다.

마천검군은 자신보다 두 수 정도 떨어지는 고수였지만 지금은 달랐다. 독마는 자신이 그의 기척을 잡아내지 못했던 것을 떠올렸다.

"마천검군, 자네……."

"흑명이라 불러주시오. 그것이 주군께서 하사하신 유일하게 나를 나타내는 이름이오."

"흑명이라……."

흑명(黑明)이라는 이름은 마천검군에 비한다면 초라했다. 흑명의 기세가 넘실거렸다. 독마는 그의 기세에 감탄하며 내력을 끌어 올렸다.

'나의 기세를 꺾기 위함이군.'

독마는 그렇게 생각하며 흑명을 바라보았다.

"주군께서 천독마제의 실력을 가늠해 보라 하셨소."

"허허, 본인의 실력이 미덥지 않으신 겐가?"

"본디 쓰일 자는 자신의 필요 가치를 증명해야 하는 법이오."

독마는 쓴 웃으며 고개를 끄덕였다.

곽문진의 의도를 조금이나마 알 것 같았기 때문이다. 독마 자신이 곽문진에게 스스로 수하가 될 것을 자청하는 그림을 원한 것이 분명했다.

이것이 기폭제였다. 독마가 직접 그리했으니 이 일이 알려진다면 다른 고수들도 체면을 생각하지 않고 찾아올 것이다.

곽문진은 무공 실력뿐만 아니라 소름끼치도록 철저한 계획까지 구사하고 있었다.

'무섭구나, 무서워. 그는 마교에게 무엇을 바라고 있단 말인가?'

단순히 천마지존이 되는 것이 아닌, 그 이상을 원하고 있음을 독마는 어렴풋이 느낄 수 있었다. 흑명이 검을 뽑아 들었다. 독마 역시 자세를 잡으며 흑명을 바라보았다.

흑명은 천천히 내력을 개방했다. 독마는 흑명의 내력을 느끼는 순간 온몸이 관통되는 듯한 충격을 받았다. 도저히 있을 수 없는 기운이 느껴졌기 때문이다.

"이, 이 기운은 도대체……?"

그의 이해를 넘어선 기운이었다. 밝고 따듯하면서 어둡고 차가운, 세상의 모든 것을 포용하며 거부하는 듯한 기운. 결코 자연적으로는 나올 수 없는 절대적인 기운이었다.

"주군께서는 이것을 혼기라 부르시고 계시오. 주군께서 베풀어주신 은혜이지."

"혼기……?"

"이것을 본 이상 그대는 죽거나 주군의 수족이 될 수밖에 없소."

혼기로 이루어진 검강이 치솟았다. 불길한 기운이 주변을 메우며 넘실거리고 있었다. 독마는 신음성을 흘리며 두 손에 수강을 만들었다. 독으로 이루어진 독강이었다.

"준비하시오."

흑명이 그렇게 말하고는 검강을 독마에게로 방출했다.

독마는 검강을 두 손으로 쳐내며 독마를 향해 신법을 전개했다. 이형환위가 펼쳐지며 순식간에 흑명의 지척에 달할 수 있었다.

타앙!!

독마의 손과 흑명의 검이 부딪혔다. 내력 싸움은 확실히 독마가 불리했다.

흑명의 검강이 독마의 독강을 압도하고 있었다. 독마는 자신의 독강을 잠식하며 뻗어오는 흑명의 기운을 느끼며 뒤로 물러났다.

극마지천신공(極魔之天神功) 마독장(魔毒掌).

독천뢰(毒天雷).

그의 비전무공 중 하나인 독천뢰가 펼쳐졌다. 독마가 허공을 격하자 독강이 하늘을 덮어버리며 마치 벼락과도 같은 강기다발을 흑명에게 쏘아 보냈다.

흑명은 그것을 묵묵히 바라보다가 강기다발을 향해 검을 한 차례 휘둘렀다.

파아아아!

거대한 검강이 뿜어져 나가며 독마의 독천뢰를 날려 버렸다.

독공의 무서운 점은 적은 내력으로도 상대를 무력화 시킬 수 있는 독을 내포하고 있다는 점이었다. 특히 독마의 독은 호신강기마저 무력화시킬 수 있는 극독이었다.

하나 흑명의 혼기로 이루어진 호신강기를 뚫을 수는 없었다. 내력 자체는 독마가 앞서고 있다는 점이 유일한 타개책이었다.

최대한 버티면서 흑명이 내력을 모두 소모하게 만든다면 승기가 있었다. 하나 흑명은 바보가 아니었다. 독마가 무슨 생각을 하는지 알고 있었다.

"그 이해를 벗어난 기운은 소마께서 주신 것이오?"

"그렇소. 오직 주군만이 다룰 수 있는 기운이오."

"그 기운의 정체가 무엇인지 말해줄 수 있겠소?"

독마는 도저히 기운의 정체를 알아낼 수 없었다.

곽문진이 펼쳤던 혈마신공의 무시무시한 혈마기조차 저것에 비한다면 초라해 보일 정도였다. 직접 견식한 적이 있는 천마신공의 내력 역시 비교할 수가 없었다.

"주군께서 직접 알려주실 것이오."

"그렇구려."

흑명이 검을 치켜들었다.

그러자 막대한 내력이 응집하며 검강이 치솟았다. 독마는 신음성을 뱉으며 전신내력을 끌어 올렸다.

저 기운이 자신의 몸으로 파고든다면 내상보다 더 심각한 일이 벌어질 것을 짐작한 것이다.

'저 기운으로 독을 만들 수 있다면… 세상의 모든 것을 뛰

어넘는 독이 될 것이 분명하다.'

그를 막고 있는 벽을 간단하게 허물 수 있을 것 같았다. 그만큼 대단하고 경이로운 기운이었다.

"막아보시오."

"오시오."

흑명의 심상치 않은 기세에 독마 역시 자신의 절기를 선보여야 했다.

현경의 끝을 바라보면서 그간 자신의 모든 것을 쏟아낸 적이 없었던 독마였다. 절기를 쓴다고 해도 흑명을 넘어설 수 있을지 의문이었다.

흑명의 검강이 정면을 가득 메우며 뻗어왔다. 대지를 갈라버리는 참격은 흑명의 경지를 여실히 보여주었다.

검마라 할지라도 그를 상대하는 것은 쉽지 않아 보였다. 무공의 이해도를 떠나 흑명이 가지고 있는 기운은 너무나도 압도적이었다.

극마지천신공(極魔之天神功) 마독파천(魔毒破天).

독마가 일생 동안 쌓아올린 공부가 이 자리에서 펼쳐졌다.

독마의 손에서 뻗어나간 독강은 마치 살아 움직이는 생물처럼 주변을 휘저으며 대지를 박살 냈다.

주변에 있는 풀과 작은 동물들이 독기에 의해 모두 녹아버렸고 단단한 돌맹이마저 삭아버려 먼지가 되어 휘날렸다. 그야말로 독공으로 이룰 수 있는 극치의 경지를 보여주고 있었다.

저 막대한 공부를 담고 있는 독강 앞에서는 자연의 기운으로 이루어진 검강은 그 기세가 죽어야만했다.

하지만 독강과 부딪히는 흑명의 검강은 전혀 기세가 죽지 않았다. 오히려 그런 독강을 압도하며 파훼하고 있었다.

콰아아앙!

충격파가 뿜어져 나가며 주변에 있던 큰 나무들을 박살 냈다. 곱게 정돈되어 있던 바닥은 뒤집어진 지 오래였지만 엉키고 있는 두 기운은 더욱 격렬하게 그 기세를 늘려갔다.

독마의 신형이 뒤로 주춤 밀려났다.

내력 싸움으로 변하는 순간이었다.

스읙!

거대한 무언가가 독마의 주변을 스치고 지나갔다.

독마는 눈을 부릅뜨며 정면을 바라보았다. 흑명과 자신의 기운이 순식간에 흩어지며 사라졌기 때문이었다.

고개를 돌려 옆을 바라보니 저 멀리서 곽문진이 검을 뻗고 있는 것이 보였다.

흑명은 검을 넣고는 아무 일도 없다는 듯이 곽문진에게 인사를 하고는 사라졌다.

"허허, 마치 꿈을 꾸고 있는 것 같군."

방금 전 곽문진이 펼쳤던 한 수가 자신에게 향했다면 독마는 결코 막아내지 못했을 것이다.

너무나 은밀해 거대한 기운임에도 불구하고 지척에 이를 때까지 느낄 수조차 없었던 기운이었다.

독마는 후련함과 패배감이 동시에 들기 시작했다.

독마는 길을 따라 천천히 걸었다.

마검궁 중앙에 있는 인공 호수 옆에 아름다운 정자의 모습이 보였다. 그곳에서 그의 주군이 될 자가 자신을 기다리고 있었다.

독마는 정자로 다가갔다. 정자에는 좋은 술과 함께 다과상이 차려져 있었다.

"생각보다 늦게 왔군."

"오는 도중 마희소에 들리고 왔소."

"어떻던가?"

독마는 검마를 떠올리며 입을 떼었다.

"명예, 권력, 힘. 모든 것을 잃고 정신마저 놓아버렸다오."

"정신을 놓았다라… 좋은 의원을 붙여줘야겠군. 이제부터 시작인데 벌써부터 그러면 곤란하지."

"허허허, 잔인하시구려."

독마는 그의 진심이 담긴 말에 소름이 끼쳤다.

그것은 마본천녀와 같은 본보기일 것이다. 자신에게 반항하는 자가 있다면 지위를 막론하고 모두 그렇게 될 것을 모든 이에게 알려주는 것이다.

극강의 고수인 검마가 그 지경이 되고 똥지게를 지게 될 것인데 누가 감히 그에게 반항을 할 수 있단 말인가.

"앉아라."

독마가 그와 마주보며 앉았다.

독마는 복잡한 심경이 담긴 눈으로 그를 바라보았다.

"무엇을 원하고 계시오?"

"지금은 마교를 손에 넣고 싶다."

"그 후에는?"

그의 입가에 미소가 걸렸다. 너무나 불길한 미소였다.

독마는 처음으로 사람에게 두려움을 느꼈다. 죽음조차 그를 두렵게 할 수 없었지만 그 이상의 무언가가 저 사내에게는 존재했다.

독마는 그의 입에서 나오는 말을 기다렸다. 분명 자신의 이해를 넘어서는 목적이 있을 것이다. 마교를 손에 넣는 것을 단계로 치부할 만큼 대단한 목적이 말이다.

"마교를 도구로 써서 백도무림을 없앨 것이다."

"허억!"

독마는 자리에서 벌떡 일어났다. 그는 진심이었다. 진정으로 백도무림을 없애길 바라고 있었다.

"무림을 지배할 생각이오?"

"아니, 그저 없앨 뿐이다."

"허허허……."

독마는 자리에 털썩 앉고는 웃음을 흘렸다. 그는 그런 독마를 보며 조용히 술을 따를 뿐이었다. 그리고 독마의 잔에도 술을 따라주었다.

"나를 따르겠나? 나는 수족을 버리지 않는다. 네가 가장 원하는 것을 들어주겠다."

"이미 아시지 않소? 그저 딸아이가 행복하기를 원하오."

"최대한 노력해 보지."

"그렇게까지 해서 어찌 나를 얻으려 하시는 것이오?"

독마의 물음에 그는 독마와 눈을 맞추었다.

"쓸 만할 것 같아서, 그뿐이다."

독마는 자리에서 일어났다. 그리고 그를 바라보며 절을 한 다음 고개를 조아렸다.

"주군을 뵙습니다."

그는 그런 독마를 보며 가볍게 고개를 끄덕였다. 그러고는 자리에서 일어나 독마의 앞으로 다가갔다.

"거부하지 마라."

그렇게 말하며 독마의 몸에 손을 대었다.

독마는 갑작스럽게 들이닥치는 방대한 내력에 크게 놀라며 눈을 부릅떴다. 이 기운은 흑명에게서 느꼈던 것보다 한 차원 위에 있는 기운이었다.

'혼기……!'

흑명은 그것을 혼기라 하였다. 그 혼기가 자신의 선천지기를 모두 흡수하며 그 자리를 채우고 있었다.

독마는 자신의 혼백이 혼기로 물드는 것을 느꼈다.

마음을 모두 열고 혼기를 받아들였기에 막대한 고통은 없었지만 만약 조금이라도 거부하는 마음이 있었다면 그가 쌓아올린 모든 것이 찢어지며 백치가 되거나 폐인이 되었을 것이다.

독마는 자신의 내력이 모두 지워지고 더욱 강력한 혼기로 차오르는 것을 느끼고 전율했다.

눈앞을 막아선 벽을 허물고 더욱 강력한 독공을 완성할 길이 보였기 때문이었다.

독마는 마희소 지하 감옥에 있던 보초들의 이야기를 절실히 공감할 수 있었다. 강해지기 위한 길을 제시해 주고 있었다.

독마는 주군에 대한 충성심이 깊어지는 것을 느꼈다. 결코 반항할 수 없는, 아니, 그런 생각조차 할 수 없었다.

눈앞의 주군은 그의 모든 것이었고 그가 명령하면 웃으며 죽을 수 있었다.

주군이 손을 떼자 독마는 숨을 몰아쉬며 고개를 들었다.

"한동안은 적응을 해야 할 것이다."

"목숨을 바쳐 따르겠나이다."

"그래야지."

독마는 공손히 몸을 일으켰다.

"너를 이제부터 흑독(黑毒)라 부르겠다. 네 진영과 함께 마본궁 그리고 마검궁을 운영하라. 흑명이 너를 도와줄 것이다. 마희대에 대한 지원 역시 너에게 맡기도록 하지."

"존명!"

흑독은 주군의 말에 몸을 떨며 기뻐했다.

그는 이날 목숨을 바쳐 따를 주군을 얻었고 그의 딸의 행복 역시 얻을 수 있었다.

*　　　*　　　*

흑독을 얻고 나자 진천의 세력은 빠르게 자리를 잡아가기 시작했다. 흑독은 세력을 운영하는데 탁월한 감각을 소유하고 있어 많은 도움이 되었다.

흑독의 경지는 날이 갈수록 높아졌는데 혼기를 이용해 독공을 연공하고 있어 훗날 대단한 도움이 될 것이 분명했다.

지희라는 귀찮은 일을 떠맡은 가치가 충분히 있었다.

진천은 마검궁에 있는 거대한 의자에 앉아 자신을 찾아온 마교의 고수들을 바라보고 있었다.

마교 내에 세력을 가지고 있는 고수들이 자신을 받아달라고 고개를 조아리고 있었다.

진천은 흥미 없다는 눈빛으로 그들을 바라볼 뿐이었다.

"저를 받아주신다면 큰 힘이 될 것입니다."

"그건 누가 판단하는 거지?"

"그, 그게 무슨……."

진천의 눈빛에 고수들이 얼어붙었다.

"네가 감히 나를 판단하는 건가?"

"그것이 아니오라……!"

"말이 지나치지 않소?"

고수들 중 하나가 벌떡 일어나며 진천을 향해 그렇게 외쳤다.

"소마께서 우리를 홀대해서 좋을 것이 없을 것이오! 중요한 싸움을 앞두고 계시지 않소?"

"재미있군."

진천은 그의 말에 웃음을 흘렸다. 자신을 협박하는 패기가 마음에 들기는 했으나 살려둘 생각은 없었다.

진천이 손을 휘젓자 진천의 뒤에 서 있던 흑독과 흑명이 움직였다.

"커헉!"

순식간에 그의 양팔이 잘려 나가며 바닥에 떨어졌다. 삼매진화가 치솟으며 바닥에 떨어진 팔을 태워 버렸다.

"저놈의 무공을 폐하고 노역장으로 보내라."

"존명!"

"커, 커헉! 이, 이러실 수는 없습……."

털썩!

월영쌍희가 나타나 그를 기절시키고 어디론가로 끌고 갔다. 진천은 눈을 돌려 다시 고수들을 바라보았다.

"그래, 다시 이야기를 나눠보도록 하지."

꿀꺽!

고수들이 두려움에 침을 삼키며 감히 고개를 들지 못했다.

"그걸 누가 판단한다는 말이지?"

"주, 죽을 죄를 지었습니다. 모든 것을 판단하실 분은 눈앞에 계신 소마님이십니다."

"마음에 드는 대답이군. 네놈과 네놈의 수하들을 마검궁의 마검대에 넣겠다. 물러가도록."

"존명!"

나머지 고수들도 앞 다투어 입에 발린 말을 하며 진천에게 충성을 맹세했다.

진천은 건방지게 나오는 자를 가만히 두지 않았다.

곽사준이 보낸 것으로 짐작되는 고수는 그 자리에서 처참한 꼴을 만들고 그의 세력 역시 없앨 것을 지시했다.

그러나 충성을 맹세하는 자들에게는 좋은 직책을 내려주었다. 이러한 것들이 소문으로 퍼지자 곽사준에게 붙어 있던 고수들도 은근슬쩍 대열을 이탈하기 시작했다.

진천은 딱히 움직이지 않아도 많은 세력을 얻어가고 있었다.

곽사준이 마교를 돌아다니며 필사적으로 세력을 모으는 것과는 대조적이었다.

곽사준은 천마신공까지 팔아넘기며 고수들을 회유하고 있었지만 진천의 압도적인 무위를 전해 들은 고수들은 그를 만나주지 않을 지경에 이르렀다.

"이제 어느 정도 세력이 정리된 것 같습니다."

흑독의 말에 진천은 고개를 끄덕였다. 곽사준의 숨통을 조일 시기가 다가왔다.

"곽사준이 마교 밖에서 수작을 부린 것 같습니다."

"마교 밖이라……."

"세외 세력을 불러들이고 있다는 정보입니다. 정말 수치스러운 일이지요."

"발악을 하는군."

마교인의 입장에서는 대단히 수치스러운 일이었다.

곽문진에게 도저히 상대가 될 것 같지 않자 마교 밖에서 세외 세력을 들여온 것이다.

교주가 되었을 때 많은 보상을 약속했을 것이다. 소교주 자리에 눈이 먼 것이 틀림없었다.

"때문에 곽사준에 대한 여론은 좋지 않습니다. 주요 세력들은 아직 붙어 있기는 하나 이미 마교인들의 마음을 잃었습니다."

"얼마나 재미있는 짓을 해줄지 기대되는군."

곽사준이 부디 힘을 내주었으면 하는 바람이었다. 그래야 박살 낼 때 더욱 즐거울 테니 말이다.

*　　　　*　　　　*

곽사준은 조급한 마음을 애써 억눌렀다. 설마 검마가 그리 허무하게 당할 줄은 몰랐다.

검마는 곽사준의 세력에서 구심점의 역할을 하는 절대 강자였다.

곽사준은 악검마제(惡劍魔帝)라 불리며 오랫동안 검의 최강자로서 군림하던 그가 질 것이라는 상상은 해본 적이 없었다.

그런 그가 똥지게를 지고 거리를 돌아다니는 것을 보았을 때 곽사준은 경악을 할 수 밖에 없었다.

'무공 하나는 인정해야겠군.'

곽사준은 그렇게 생각할 수밖에 없었다.

검마가 방심하고 있다가 당한 것이라고 생각하고는 있으나 곽문진의 무공 자체가 검마보다 한 수 정도 뛰어날 것이라 추측했다.

'혈마신공……. 과연 천마신공과 비등하다고 알려진 무공답군.'

가장 강한 세력이었던 검마를 잃었다. 그냥 잃은 것이 아니라 그의 남아 있던 모든 것이 곽문진의 것이 되어버렸다.

세력만 따지고 본다면 이제 비등한 전력을 보여주고 있었다. 지금의 상황에서 비슷하다고는 하지만 시간이 지난다면 곽문진의 세력은 더욱 늘어날 것이다.

마교에서 은둔하고 있던 고수들이 벌써부터 곽문진의 진영에 찾아가 충성을 맹세하고 있으니 말이다.

"초대 천마지존의 재림이라고?"

그런 건방진 말을 하고 있었다. 마치 자신 따위는 안중에도 없다는 듯 그런 말을 하며 곽문진에게 몰려간 것이다.

곽사준은 그 치욕을 잊을 수가 없었다.

얼마 전까지만 해도 자신에게 빌빌 기었던 자들이 이제는 자신을 만나주지도 않았다.

"천마신공을 얻게 되면 다 죽여 버릴 것이다!"

곽문진에게 갔던 자들 모두를 척살해 버릴 것이다. 곽사준은 그렇게 생각하며 화를 억눌렀다.

마교의 여론은 이제 자신의 편이 아니었다. 아직 남아 있는 고수들이 있었지만 그들도 은근슬쩍 발을 빼려고 하는 상황이었다.

검마가 똥지게를 지고 다니는 것을 실제로 목격한 고수들은 직접 말은 하지 않았지만 전과는 다르게 매우 소극적인 태도를 보여주고 있었다.

"곽 대협."

"오셨군요."

곽사준은 자신에게 걸어오는 백발의 여인을 극진한 태도로 맞이했다.

곽사준의 또래로 보이기는 하나 북해빙궁에서 오십 년째 군림하고 있는 절대고수였다.

한빙공을 극성으로 익혀 늙지 않는 신체를 얻었다는 전설의 주인이었다.

너무나 아름다운 모습이었지만 무서우리만큼 굉장한 기세가 느껴졌다. 그 강했던 검마조차 그녀에게는 한 수 뒤질 것이다.

북해빙궁의 궁주.

북해신존(北海神尊).

곽사준이 그녀를 마교로 극진하게 모셔올 수 있었던 이유는 마교의 보물 때문이었다.

한빙마옥(寒氷魔玉)이라 알려진 보물은 교주만 들어갈 수 있다는 천마보(天魔寶)에 보관되어 있었다.

마교에서도 보물로 분류된 것이었으니 교주를 제외하고는 그 누구도 가질 수 없었다. 곽사준은 북해빙궁에 한빙마옥을 주는 것으로 그들의 도움을 받기로 한 것이다.

마교를 팔아넘기는 행위에 가까웠지만 곽사준은 어쩔 수 없다며 스스로를 납득시키고 있었다.

싸움에서 이기기 위해서는 수단과 방법을 가리지 않는 것이 마교의 방식이기도 하니 말이다.

물론 마교의 법도로 외세를 이용하는 것은 교주의 허락을 받아야 했지만 곽사준은 소교주가 된다면 그 정도는 무마시킬 수 있을 거라 생각했다.

"본좌가 기거하기에 마교도 괜찮군."

"마음에 드셨다니 다행이군요."

"이대로 마교를 먹어치우는 것도 나쁘지 않을 것 같구나."

"그게 무슨 말씀이십니까?"

곽사준은 북해신존을 노려보았다. 북해신존은 요사스러운 웃음을 지으며 입을 떼었다.

"그대가 갖기에는 그대의 그릇이 너무 작은 것 같군. 천년 마교라 하였다. 북해와 같은 역사를 지닌 대단한 곳이지."

“궁주께서 할 일은 곽문진을 제거하는 일 뿐입니다.”

“걱정 마라. 약조는 지킬 것이니. 본좌 역시 천마지존과 대립하기는 싫구나.”

곽사준은 다시 웃는 낯으로 북해신존을 바라보았다. 분노로 일그러진 마음을 숨기며 북해신존을 대하고 있었다.

‘천마지존이 되고 난다면 북해빙궁을 먼저 없애 버려야겠군.’

곽사준은 한빙마옥을 그들에게 내어줄 생각이 없었다. 되도록이면 곽문진과 양패구상을 시킬 작정이었다.

곽문진의 세력이라면 충분히 그럴 수 있으리라 생각했다. 때문에 북해신존에게 곽문진에 대한 자세한 정보를 알려주지 않은 곽사준이었다.

‘곽문진이 힘내기를 응원해야겠군. 흐흐.’

곽문진과 북해신존, 그리고 그녀가 데리고 온 빙녀들이 양패구상을 보일 때 곽사준이 마무리를 할 생각이었다.

곽사준도 믿고 있는 것이 있었다. 바로 현문대사를 암살할 때 쓴 극독이었다.

곽사준이 무슨 생각을 하는지 북해신존은 대충 알아차렸다.

그녀의 관록은 결코 무시할 수 있는 수준이 아니었다.

천마지존이라는 절대강자가 없었다면 곽사준은 이 자리에

서 죽었을 것이다. 아무리 북해신존이라 할지라도 천마지존은 꺼려지는 상대였다.

북해신존이 익히고 있는 한빙공을 파훼하는 유일한 무공이 바로 천마신공이었다.

'한빙마옥만 손에 넣는다면 천마지존도 내 상대가 될 수 없을 것이다.'

북해신존은 곽사준을 교주로 만들 생각이었다.

그의 자질로 보건데 그는 결코 천마신공을 대성할 수 없었다. 대성하지 못한 천마신공은 자신의 적이 아니었다.

복수는 천천히 이루어질 것이다. 그가 교주가 되고 시간이 흘렀을 때 마교는 북해빙궁에 의해 멸문될 것이다.

곽사준을 교주로 만드는 것은 마교에 당한 지난날의 역사를 되돌려 주기 위한 반격의 시작이었다.

'곽문진이라 했던가?'

곽사준이 애먹고 있는 상대라고는 하나 자신의 적수가 될 수 없을 거라 여겼다.

북해신존은 요사스러운 웃음을 지으며 곽사준을 바라보았다.

"곽문진이라는 아이와 언제 자리를 마련해 줄 것이지?"

"조금 있으면 천마제(天魔祭)입니다. 천마제가 있을 때 소마는 천마전(天魔殿)에 들어 초대 천마지존을 모시는 제사를 지내야 합니다. 천마전에 들어갈 수 있는 자는 오로지 천마지존, 천마지존의 천녀들, 그리고 소마뿐입니다.”

“호오, 외부 세력을 그런 신성한 장소에 들일 정도로 급박한 것인가?”

곽사준의 말에 북해신존은 실망감을 감추며 그렇게 말했다.

천마전은 마교를 이루는 뼈대와도 같은 곳이었다. 그곳이 오염된다는 것은 마교가 오염되는 것과 다름이 없었다.

곽사준은 곽문진을 제거할 자리를 마련해 주기 위해 천마전에 외세를 들이려 한 것이다.

“기껏해야 신전일 뿐입니다.”

곽사준은 소교주의 자리에 눈이 멀었다.

마교를 오염시키면서까지 소교주의 자리를 탐내고 있었다.

분수에 넘치는 것을 취하려하니 그런 결과가 나오는 것이었다.

어찌 되었든 북해신존으로서는 이득인 상황이었다.

“제가 은밀하게 들여보내 드리겠습니다. 그때까지는 부디 모습을 드러내지 마시고 이곳에 머물러 주시지요. 북해신존께서 직접 오셨다는 것이 소문이라도 난다면 우리 둘 다 목적을 이룰 수 없을 것입니다.”

“알겠다. 그럼 기다리도록 하지.”

북해신존이 그렇게 말하며 모습을 감추었다.

곽사준의 웃는 낯이 순식간에 일그러졌다.

'빌어먹을 년. 천한 년이 감히 날 그런 눈으로……!'

지금까지 받은 치욕을 반드시 되돌려 주리라 생각했다. 곽문진을 없애고 천마신공을 얻은 후에 말이다.

제8장

북해신존(北海神尊)

곽사준이 어떤 음모를 꾸미든 진천은 신경조차 쓰지 않고 있었다.

곽사준은 어차피 자신의 손에 죽을 운명이었다. 어떤 세외 세력을 들여오든 상관없었다.

천마지존과 결전을 벌인다고 하더라도 어느 정도 동수를 이룰 자신이 있는 진천이었다.

진천은 지금 무림맹주와 싸운다고 하더라도 밀리지는 않을 것이라 생각했다. 물론 그것은 수라역천신공이 있었기에 가능한 일이었다.

순수한 경지와 기량으로서는 진천이 한 수 밑인 것이 맞았다.

진천은 흑명과 월영쌍희, 그리고 십마화를 이끌고 곽사준의 세력을 착실하게 없애는 중이었다.

곽사준의 세력에는 현문대사의 암살 사건에 참여한 자들이 꽤나 많았기에 진천의 손속은 무척이나 잔인했다.

명단에 적혀 있는 인물의 수하, 가족, 관계자에 이르기까지 그 누구도 살려두지 않았다. 직접적으로 관여한 자들은 모두 검마와 같이 폐인으로 만들어 바닥을 기게 했다.

혈천마제(血天魔帝).

그것이 지금 소마 곽문진을 뜻하는 별호였다.

진천이 지나간 곳은 모두 피바다가 되니 마교인들은 두려움과 경외를 담아 진천을 그렇게 불렀다.

"악소검(惡笑劍) 고준 맞나?"

"그렇소."

진천의 눈앞에 악소검 고준과 함께 그의 식솔들이 무릎을 꿇고 있었다.

악소검 고준은 현문대사의 암살에 참여한 살수들 중 하나로 소림의 비급을 훔쳐 지금의 명성을 얻은 자였다.

소마 곽사준과 함께 현문대사를 없애는데 큰 공을 세운 자이기도 했다.

"저놈과 관련된 모두를 죽여라."

"존명!"

진천의 명령이 떨어지자 악소검 앞에서 그가 아껴온 모든 자들이 죽임을 당했다.

악소검은 몸을 부들부들 떨며 피눈물을 흘렸다. 진천은 그런 악소검을 보며 조소를 머금었다.

"으, 으아아!"

악소검이 그 자리에서 일어나 진천에게 달려들었다. 딱히 혈을 짚어놓지 않아 내력의 운용은 자유로웠다.

전신내력을 폭발시키며 달려드는 악소검을 흑명이 검집을 휘둘러 튕겨냈다.

"커헉!"

튕겨 나간 악소검이 바닥을 굴렀다.

진천이 등을 돌리자 주변에 있던 진천의 수하들이 악소검을 들고 사라졌다. 명단에 있는 고수들은 절대 쉽게 죽이지 않았다. 그렇게 하기에는 진천의 원한이 너무나 컸다.

진천의 지시로 악소검의 흔적은 모두 지워졌다.

그가 지닌 모든 것은 진천의 것이 되었고 그의 세력은 전멸을 피할 수가 없었다.

보통 소교주를 놓고 다투는 후계 싸움은 한쪽이 항복을 하며 피해 없이 끝난 것이 대부분이었지만 현 상황은 달랐다.

진천은 곽사준이 항복을 한다고 하더라도 받아줄 생각이

없었다.

"이제 곽사준의 손발이 잘린 것과 다름없군요. 이제 세외에서 온 놈들만 처리하면 될 것 같습니다."

"아직까지 드러낼 생각이 없나 보군."

"입수한 정보가 없는 것을 보면 꽁꽁 숨기고 있는 모양입니다."

진천은 피식 웃을 뿐이었다. 곽사준이 전면으로 덤벼올 확율은 적었다.

진천이 마교를 활보하며 곽사준의 세력에 있는 고수들을 척살하고 있었지만 큰 반응을 보여주지 않고 있으니 말이다. 무언가 참는 것처럼 웅크리고 있을 뿐이었다.

이제 대세는 진천에게 기울었다. 그건 누구도 부정할 수 없는 사실이었다.

곽사준에게 줄을 대고 있던 고수들이 저마다 은거를 선언하며 진천과 대적하기를 꺼려하고 있었다.

"지금 쓸어버리시는 것이 어떠하십니까? 굳이 주군께서 나서지 않아도 될 것 같습니다만……."

"그럼 너무 시시하지 않겠나? 발악할 시간을 좀 줘야지."

"알겠습니다."

진천이 그렇게 말하자 흑명은 더 이상 말하지 않았다.

진천은 피로 가득한 거리를 지나 자신의 거처로 귀환했다.

진천은 흑명에게 곽사준의 세력을 꾸준히 없애라고 명한 후 한가로운 시간을 보냈다.

가만히 있어도 알아서 일이 풀리니 굳이 신경을 쓸 필요가 없었다. 어차피 곽사준이 숨겨놓은 패는 조만간 드러날 것이다.

'천마제를 기점으로 일을 치르겠지.'

보통 천마제 이후에 소교주의 신분이 가려진다고 한다.

진천은 곽사준이 천마제 때 무언가 술수를 부릴 것이로 예상했다.

그것은 마교의 전통을 크게 모욕하는 행위였지만 진천이 본 곽사준은 그런 것 따위를 신경을 쓸 인물이 아니었다.

애초부터 천마신공의 일부를 팔아넘기는 놈이었으니 마교의 전통 따위는 지키지 않을 것이다.

'암살하기에 딱 적당한 조건이군.'

진천의 밑으로 오면서 소마 신분을 잃은 곽수린은 천마제에 참여할 수가 없었다.

천마지존은 폐관수련 중이니 천마제를 지내는 것은 곽사준과 진천뿐이었다.

천마지존의 천녀들 역시 있다고는 하지만 별다른 방해는 되지 않을 것이다.

진천은 곽사준이 최대한 일을 도모하기 편하게 오히려 뒤를 봐줄 생각이었다.

그가 할 수 있는 모든 전력을 정면에서부터 철저히 부숴 버리고 재기불능 상태로 만들고 싶었으니 말이다.

지난날 살기 위해 발버둥 쳤던 자신을 잊기 위한 일이기도 했다.

*　　*　　*

마교 최대의 행사인 천마제가 다가왔다. 이때만큼은 모두가 경건한 마음으로 역대 천마지존들을 숭배했다. 그 어떤 다툼이 있어서도 안 되는 날인 것이다.

마교를 지탱하는 기둥은 천마지존이었고 오로지 그들만이 숭배의 대상이 될 수 있었다.

진천 역시 소마를 나타내는 의복으로 갈아입고 천마제를 지낼 준비를 했다.

모든 준비를 끝마친 진천이 밖으로 나오자 흑명과 흑독을 시작으로 월영쌍희와 십마화가 무릎을 꿇고 진천을 맞이했다.

그들의 뒤로는 수많은 수하의 모습이 보였는데 백도무림의 명문정파 몇 개를 그대로 지워 버릴 수 있는 전력이었다.

그들의 진천에 대한 충성심은 무척이나 높았다. 진천이 영약과 비급들을 저들에게 분배해 주었기 때문이다.

진천의 입장에서는 어차피 저들을 쓸 만한 장기말 정도로 생각하고 있었지만 그들의 입장에서는 진천의 그런 씀씀이에 감동을 할 수밖에 없었다.

적에게는 누구보다 잔혹하지만 자신의 사람에게는 너그러운 주군.

그것이 진천에 대한 마교인들의 평가였다.

"주군, 천마전까지 모시겠습니다."

진천이 고개를 끄덕이자 흑독과 흑명이 자리에서 일어났다.

그들도 모두 정갈한 의복으로 갈아입고 있었다. 시선에 닿는 모든 자들이 그러했다. 그만큼 천마제는 무척이나 중요한 날이었다.

진천과 그의 주요 수하들이 천마전을 향했다.

압도적인 기세를 흘리며 나아가는 진천의 세력은 모든 마교인들에게 강한 인상을 심어주었다.

중간에 합류한 곽사준의 세력과는 천지차이였다. 이미 그들은 기세가 꺾여서 진천의 눈치만을 살피고 있었다.

"허허, 평화롭게 해결되었으면 하는 바람이오."

"그렇소. 소마 두 분께서 다투시는 것을 보니 마음이 아프오."

그런 소리를 해대고 있었다. 저 멀리서 다가오는 곽사준의 얼굴이 보였다.

그는 진천을 보자마자 얼굴을 일그러뜨렸지만 곧 얼굴을 펴고 비릿한 웃음을 머금었다.

'속 보이는군.'

너무나 속이 보이는 표정이었다.

음모를 꾸미는 자는 철저하게 연기를 해야 하게 마련인데 곽사준은 아직 그 정도 수준에는 못 미쳤다.

위기 하나 없이 자란 애송이에 불과했다. 부디 이번에는 자신을 실망시키지 않았으면 하는 바람이었다.

천마전은 천마지존이 기거하는 천마동의 옆에 있었다. 분지 밖으로 이어진 길을 따라 가야 나오는 곳이었다.

초대 천마가 마교의 깃발을 최초로 꽂은 곳이었고 모든 천마지존의 유해가 묻혀 있는 신성한 곳이었다.

천마전으로 향하는 길에 들어서자 진천과 곽사준을 제외한 모든 이가 그 자리에 멈추어 섰다.

천마지로(天魔之路)라 불리는 이 길은 오로지 천마지존과 소마만이 갈 수 있었다.

'천녀들이 천마전에 있다고 했던가?'

천녀들의 세상은 천마전이 전부였다. 그들은 역대 천마지존들의 넋을 기리기 위해 천마전에 바쳐진 여자들이었다.

아주 어렸을 때 천마전에 바쳐져 죽을 때까지 밖으로 나갈 수 없었다.

보통 삼십 대가 되기 전에 천마전에 감도는 마기에 의해 질식해 죽는다고 한다. 마교인들은 천녀들이 죽으면 천마지존들이 만족하여 마교를 보호해 준다고 여기고 있었다.

진천과 곽사준은 나란히 천마지로를 따라 걸었다.

진천의 여유로운 모습이 마음에 들지 않은 듯 곽사준의 얼굴은 일그러져 있었다. 진천은 그 모습을 비웃어줄 뿐이었다.

"꽤나 기세등등하더군. 결국 승자는 내가 될 것이다."

"약한 놈이 그리 말하니 설득력이 없는데."

"네놈……!"

"나로서는 좀 더 발악해 줬으면 하는 바람이야. 이대로 끝나면 너무 재미없잖아?"

진천의 말에 곽사준은 몸을 부들부들 떨었다. 그러다가 긴 숨을 내쉬며 비릿한 웃음을 머금었다. 딱 봐도 뭔가를 믿고 있는 것이 틀림없는 표정이었다.

"내게 잘못했다고 빈다면 목숨만은 살려주지."

곽사준이 진천을 보며 그렇게 말했다.

진천의 얼굴에 음산한 미소가 서리기 시작했다. 그 미소에 곽사준이 흠칫하며 주춤거렸다.

"나는 널 죽이지 않을 거야."

"무슨 말이지?"

"네놈의 단전을 뜯어버리고 혈맥과 힘줄을 모두 끊은 다음

눈과 혀를 뽑아버릴 것이다. 자결조차 할 수 없게 만들어 끝없는 고통 속에서 평생 살게 되겠지."

진천의 기세가 곽사준을 찍어 눌렀다.

곽사준의 얼굴이 창백해지며 몸이 부들부들 떨리는 것이 보였다.

"여, 여기서 무, 무공을 쓰면 아, 안 되는 것을 모르나?"

"알고 있지."

진천이 기세를 거두자 휘청거리며 안도의 한숨을 내쉬는 곽사준이었다. 진천은 소리 내어 그를 비웃어주었다.

"크윽! 나도 널 쉽게 죽이지 않을 것이다! 각오해라!"

곽사준은 태연한 척 그렇게 외쳤지만 그의 목소리는 이미 떨리고 있었다.

곽사준은 진천을 지나쳐 먼저 앞서갔다. 천마지로를 따라 걷자 분지 밖으로 이어진 통로가 나왔다. 마희소로 통하는 통로와 비슷했지만 그보다 훨씬 컸고 웅장했다.

절벽처럼 깎여 있는 벽에는 마교를 굽어보는 듯한 여인의 모습이 새겨져 있었는데 초대 천마지존의 아내였던 천마지희(天魔之姬)였다.

천마지존과 같이 우화등선하여 마교를 수호한다고 알려진 마교의 여신이었다.

진천은 천마지희의 모습을 잠시 바라보다가 통로 안으로 들어섰다.

쿠웅!

통로 안으로 들어가니 거대한 문이 닫혔다.

굳게 닫힌 철문은 기관진식으로 움직이는 것이었는데 일정 시간이 지나지 않는 이상 열리지 않도록 설계가 되어 있었다.

"볼 만하군."

통로는 화려했다.

마교의 성소답게 온갖 보물들로 치장이 되어 있었고 장인들이 깎은 조각상들이 즐비하게 서 있었다. 향초를 태웠는지 향긋한 향기가 통로 안으로 퍼지고 있었다.

진천은 그 향기 속에서 익숙한 냄새를 감지할 수 있었다.

'혈향…….'

피냄새가 풍겨왔다.

향기로 덮고는 있으나 진천의 감각을 속일 수는 없었다.

진천이 통로 깊숙한 곳까지 들어오자 거대한 문이 닫히기 시작했다.

"야명주인가?"

마희소와는 달리 천마전은 동굴 형태였다. 그럼에도 주변에 밝은 빛이 가득했는데 수많은 야명주가 어둠을 밝히고 있기 때문이었다.

야명주는 황실에서도 탐내는 보물이었는데 이곳에는 아무

렇게나 널려 있었다. 마교의 부가 어느 정도인지 짐작할 수도 없게 만들었다.

'곽사준이 소교주 자리를 탐낼 만하군.'

검마의 재보들도 대단했지만 천마지존의 재보는 그보다 훨씬 대단할 것이다.

소교주가 되면 그러한 재보뿐만 아니라 강력한 천마신공까지 얻게 된다. 게다가 마교를 마음대로 움직일 수 있게 되니 신이 된다고 말해도 무방했다.

통로를 통과하니 넓은 공동이 나왔다. 공동의 가운데에는 여러 관들이 누워 있었고 하얀 옷을 입은 여인들이 그 자리에 우뚝 서 있었다.

그녀들에게서 생기는 느껴지지 않았다. 마치 얼어붙은 것처럼 그 자리에 서 있을 뿐이었다.

'한기?'

입김이 나올 정도로 주변은 추웠다.

천마전에 처음 오는 것이기는 하나 분명 이런 분위기는 아닐 것이다.

"후후……."

곽사준이 낮은 웃음을 흘렸다. 관이 누워 있는 곳에 먼저 가 서 있는 곽사준은 등을 돌리며 진천을 노려보았다.

곽사준 주위에 우뚝 서 있던 천녀들의 몸이 무너지더니 바닥에 부딪히자 그대로 깨져 버렸다. 마치 도자기가 깨져 나가는 것처럼 육체가 깨져 버린 것이다.

'얼었군.'

강력한 한기에 순식간에 얼어버린 것이다.

진천이 바닥에 떨어진 파편들을 바라보고 있자 곽사준의 웃음은 더욱 커졌다.

"하하하! 네놈도 이제 끝이다."

곽사준의 외침에 진천은 그저 피식 웃을 뿐이었다.

곽사준의 주위로 여러 신형들이 솟아나듯 나타났다. 모두 눈같이 하얀 피부를 지닌 여인들이었는데 그녀들이 나타나자 마치 한겨울이 된 것처럼 공기가 차가워졌다.

그녀들이 천녀가 아닌 것은 당연했다.

곽사준이 불러온 세외 세력이 분명했다.

"재미있는 짓을 했군."

"하하하, 네놈이 언제까지 여유로울 수 있을까? 너를 도와줄 수 있는 자는 이곳에 아무도 없다!"

"도움?"

진천이 곽사준을 향해 손을 뻗었다.

"커억!"

곽사준이 목을 움켜쥐었다.

진천에게서 뻗어나간 무형지기가 곽사준의 목을 조르고 있는 것이다.

진천이 손을 공중으로 들자 곽사준의 몸이 공중에 떠오르기 시작했다.

"크어억!"

곽사준은 발버둥 쳤지만 진천의 무형지기에서 벗어날 수 없었다. 그때 앞으로 나서며 진천의 무형지기를 끊어버리는 여인이 있었다.

나타난 여인들 중에서 유난히 눈에 띄는 미모를 지닌 여인이었다.

무형지기가 풀리며 곽사준이 바닥에 처박혔다. 몸을 부들부들 떠는 곽사준의 모습은 너무나 꼴사나웠다.

극심한 공포에 오줌을 지렸는지 바지에 물기가 축축했다.

"이곳에서 잘도 그런 추태를 부리는군."

"이, 이이익! 네, 네놈이 무사할 것 같으냐! 부, 북해신존께서 네놈을 찢어버릴 것이다!"

"자존심도 없나? 사내라는 놈이 오줌을 지리면서 여인 뒤에 숨어 있다니……."

진천의 눈빛이 차갑게 가라앉았다.

저런 자의 손에 현문대사가 고통을 받으며 죽었다는 것이 진천을 화나게 만들었다.

북해신존이라 불린 여인도 그런 곽사준이 마음에 안 드는

지 살짝 인상이 찌푸려져 있었다.

"곽 대협, 자리를 비켜주었으면 하는군."

"아, 알겠습니다."

곽사준이 북해신존의 말에 눈치를 보다가 진천을 멀찌감치 지나쳤다.

"네놈은 결코 살아나갈 수 없다! 하하하!"

지나치는 와중에도 그런 소리를 하며 자신의 수준을 보여주었다.

진천은 혀를 차며 고개를 저을 뿐이었다. 지금 당장 곽사준을 죽일 수는 있으나 진천은 그를 놔주었다. 그를 가장 고통스럽게 만드는 것은 이 다음이 될 것이다.

"네년이 북해신존이라 하였나?"

"입이 상당히 거칠구나, 소마 곽문진."

"곽사준 따위의 말을 듣고 온 것을 보니 네년의 수준도 보이는군."

진천이 한심하다는 듯 북해신존을 바라보며 그렇게 말하자 북해신존의 곁에 있던 여인들이 내력을 일으키며 진천을 노려보았다.

"살아남을 기회를 주지. 목숨을 구걸해 보거라."

"건방진!"

진천의 말에 북해신존이 노성을 터뜨리며 내력을 개방했다.

막대한 한기가 뿜어져 나가며 주변의 모든 것을 얼려 버렸다.

북해빙궁이 자랑하는 한빙공의 극치였다. 내력마저 얼려 버리는 한빙공은 백도무림에서도 공포로 자리 잡고 있었다.

마공에 가깝기 때문에 한빙공을 중원에서 썼다가는 무림역적으로 몰려 죽임을 당할 정도였다.

몰아치는 한기 속에서도 진천은 멀쩡했다. 한겨울 속에 진천만 따듯한 봄을 맞이한 것처럼 느껴질 정도였다.

"감히 궁주님에게 그런 망발을 하다니!"

"죽어랏!"

북해신존보다 먼저 주변에 있던 여인들이 달려들었다.

그녀들은 북해신존과 함께 온 빙녀들이었다. 화경에 근접한 실력을 쌓은 절정고수였는데 그런 빙녀 셋이 합공을 한다면 곽사준 정도 되는 고수라도 당해낼 수 없을 정도였다.

진천에게 달려든 빙녀는 모두 아홉이었다. 완숙한 화경에 이른 고수라도 아홉에 이르는 빙녀를 모두 감당하기는 힘들었다.

북해신존은 진천의 경지를 가늠하려는 듯 빙녀들을 말리지 않았다. 북해신존은 자신이 나설 필요가 없다고 여겼다.

진천과도 같은 젊은 사내가 오를 수 있는 경지에는 한계가 있게 마련이다.

아무리 천재라고 해도, 아무리 마교에 전폭적인 지원을 받는다고 해도 인간인 이상 자신에게 위협이 될 정도의 고수가 되기는 불가능했다.

북해신존이 그렇게 생각할 때였다.

터엉!

"꺄아아악!"

갑자기 가죽 터지는 소리가 나더니 빙녀 하나가 북해신존의 옆을 스치며 튕겨 나갔다.

북해신존은 고개를 돌려 바닥을 구르다가 멈춰선 빙녀를 바라보았다.

"커어억!"

빙녀는 피를 꾸역꾸역 흘리다가 그대로 상처가 폭발하며 절명했다. 그것이 공포의 시작이었다.

진천은 혈마강기를 일으키며 달려드는 빙녀들을 박살 내기 시작했다.

진천의 손속에는 거침이 없었다. 빙녀 정도 되는 수준의 고수는 진천의 세력에도 많았다. 살려둘 가치가 없었기 때문에 진천은 혈마강기를 그녀들의 몸에 모조리 때려 박았다.

콰아아아!

"꺄아악!"

"커억!"

빙녀들의 몸이 터져 나가며 바닥에 떨어졌다. 순식간에 절반 이상의 빙녀가 당하자 북해신존의 얼굴에는 당황한 기색이 역력했다.

"물러나라!"

북해신존이 그렇게 말하자 빙녀들이 북해신존의 뒤로 물러나려고 했다. 하나 진천은 그것을 허락하지 않았다.

진천의 신형이 사라졌다.

도망치려는 빙녀들의 앞에 연이어 나타나며 그녀들의 몸에 혈마강기를 쑤셔 박았다.

혈마강기에 닿은 육체는 그대로 종잇장처럼 찢어졌다.

진천은 나름 혈마신공으로 할 수 있는 최선을 다하고 있었기에 빙녀들은 살아남을 수가 없었다.

후두둑!

순식간에 모든 빙녀들이 죽어버렸다.

북해신존이 내뿜는 내력에 육체들은 얼어붙었지만 바닥에 흐르는 피는 얼지 않았다.

진천의 혈마신공의 영향으로 모두 진천의 내력으로 변한 것들이었다.

"혈마… 신공!"

"이제야 알아보는군."

"어찌 그 무공을 익히고도 무사하단 말인가!"

진천의 주위에 일렁거리는 혈마강기를 본 순간 북해신존은 진천을 경시하는 마음을 버렸다.

진천은 북해신존의 내력을 느끼며 웃음을 지을 수 있었다.

북해신존은 상당한 강자였다. 무림맹주에 비교할 수는 없었지만 그에 준하는 고수가 될 가능성이 있는 자였다.

흑명과 흑독이 합공을 한다고 해도 어려울 정도로 대단한 고수였다.

"내 안목이 낮아 제자들의 죽음을 자초했구나. 설마 마교의 소마가 본좌와 필적한 실력을 지니고 있을 줄이야."

"네년의 안목이 낮기는 하군."

"광오하네. 꼭 천마지존을 보는 느낌이야."

북해신존은 전신내력을 개방하며 진천을 바라보았다.

대단한 한기가 몰아치며 진천의 주변에 일렁거리던 혈마강기마저 얼려 버렸다.

진천은 작게 감탄성을 내뱉었다.

북해신존은 지금까지 진천이 상대했던 고수들 중에 제일 강한 자였다.

여인의 몸으로 그런 경지까지 오른 북해신존이 제법 신기하게 느껴졌다.

"천마신공이 아닌 이상 본좌를 넘어설 수는 없을 것이다."

"그런가? 한 번 견식해 봐야겠군."

진천은 혈마신공만으로 북해신존을 상대해 볼 생각이었다.

북해신존이 자신으로 하여금 수라역천신공을 꺼내들 수 있게 할지 궁금해졌다.

혈마신공을 대성함으로서 수라역천신공의 경지가 높아졌다. 혈마신공의 가치는 거기까지였다. 수라역천신공의 묘리를 섞지 않는 이상 더 나아갈 수 없었다.

'한계가 있는 거겠지. 어쨌든 사람이 만든 것이니 말이야.'

혈마신공을 만든 자도 결국 인간일 뿐이다. 순리에서 벗어날 수 없었다.

진천은 혈마신공을 운용하며 내력을 서서히 개방했다. 핏빛 기류가 북해신존의 한기에 대항해 몰아쳤다.

기세 싸움은 대등했다. 혈마신공으로 개방할 수 있는 최대의 내력은 북해신존을 넘어설 수 없었다.

'강자로군.'

진천은 입가에 미소를 머금었다. 보기 드문 고수를 만나는 것은 그에게 상당한 재미를 선사해 주었다.

북해신존 역시 그러한 듯 아름다운 미소를 그리고 있었다.

"참으로 소마에 어울리지 않는 무력이다. 혹여 별호가 있는가?"

"혈천마제(血天魔帝)."

"그러한 별호보다는 혈천마존(血天魔尊)이라 불러야 할 것 같군.”

북해신존은 진천을 인정할 수밖에 없었다. 그녀는 북해빙궁을 위해서라도 진천을 이 자리에서 제거할 것을 다짐했다.

만약 그녀가 진다면 북해빙궁의 미래는 결정된 것과 다름없었다. 혈천마제가 천마지존이 된다면 그야말로 호랑이에 날개를 다는 격이었다.

둘이 동시에 서로를 향해 달려들었다.

진천의 주먹과 북해신존의 손날이 서로를 향해 찔러 들어갔다. 뿜어져 나간 혈마강기가 북해신존의 강기에 의해 얼어붙으며 사라졌다.

북해빙궁의 한빙공 중에서 오로지 궁주만이 익힐 수 있는 무공인 극영빙공(極永氷功)이었다.

대성을 한다면 늙지 않는 신체를 가지게 되어 죽을 때까지 유지가 된다는 전설 속의 무공 중 하나였다. 불로불사를 이룰 수 없지만 겉으로 보기에는 그에 가까워 황실에서도 탐낸 적이 있었다.

콰아앙!

진천의 주먹과 북해신존의 손날이 부딪혔다. 혈마강기와 한기를 머금은 강기가 휘몰아치며 주변으로 뻗어나갔다.

진천이 손을 휘젓자 얼어붙은 소매가 떨어져 나갔다.

그의 주먹에는 서리가 맺혀 있었지만 북해신존은 처음과

똑같았다.

혈마신공이 가지는 위력적인 파괴력은 북해신존의 극영빙공에는 통하지가 않았다.

피가 얼어붙는 것처럼 혈마기 자체가 얼어붙어 제 위력을 발휘하지 못하는 것이다.

북해신존은 자신이 우위에 있음을 확인했음에도 결코 경계심을 낮추지 않았다.

"받아보거라."

북해신존은 승부를 서둘렀다.

시간을 지체하다가는 밖에 있는 마교인들이 이를 알아챌 우려가 있었다. 그렇게 된다면 곽사준은 소교주가 될 수 없을 것이고 자신 역시 위험했다.

전력으로 일으킨 내력이 천마전을 한기로 가득하게 만들었다.

막대한 강기 다발이 북해신존의 주변에 떠오르다가 순식간에 자취를 감추었다.

'무형강기……!'

보이지도 느껴지지도 않았지만 분명히 존재했다.

심검의 경지를 넘어서는 경지로서 무림맹주가 오른 심즉살과 가까운 경지였다.

진천은 그녀가 보여주는 수에 감탄을 감추지 않았다. 무형강기를 자유자재로 다루는 것을 보면 진천보다 무공의 이해가 더욱 깊었다.

극영빙공(極永氷功) 절영천하(絶永天下).

북해신존에 일수를 내지르는 순간 자연 그 자체가 얼어붙으며 진천에게 뻗어왔다.

진천은 호신강기를 극성으로 일으키며 혈마신공이 낼 수 있는 전력을 다했다.

그는 자신이 순수하게 이룬 공부를 시험해 보고 싶었다. 순리로서 이룰 수 있었던 경지로 맞붙고 싶었다.

북해신존은 그만한 가치가 있는 고수였다.

혈마신공(血魔神功) 혈마파천(血魔破天).

혈마강기가 파도처럼 일어나며 하늘을 부술 기세로 뻗어나갔다.

무형강기의 수법은 아니었지만 그에 지지 않을 공부를 담고 있었다. 주변을 온통 핏빛으로 만들며 북해신존의 무형강기와 부딪혔다.

휘이이이!

엄청난 내력의 격돌치고는 대단히 조용했다.

진천은 그대로 얼어붙으며 정지한 혈마강기를 보고는 고개를 저었다.

북해신존의 전력이라 할 수 있는 절영천하를 넘어서기에는 역시 무리가 있었다.

진천의 혈마강기를 얼려 버리며 무형강기가 진천의 몸을 휩쓸었다. 호신강기가 단번에 파훼되고 진천의 몸이 그대로 얼어버렸다.

북해신존은 숨을 몰아쉬며 진천을 바라보았다.

전력을 방출한다는 것은 북해신존이라 할지라도 대단한 부담감을 선사해 주었다.

"이렇게 끝나게 된 것이 아쉽군. 십 년 정도 뒤라면 나를 앞지를 수도 있었는데 말이야."

참으로 아까운 인재라고 생각했다.

그 누가 저 나이에 자신을 이렇게 몰아붙일 수 있단 말인가?

북해신존은 다시금 마교의 저력을 느꼈다.

천마지존이 그토록 강한 이유를 알 것 같았다. 하나 마교의 역사도 이걸로 끝이었다.

곽사준이 교주가 된다면 마교는 약해질 것이다. 그때 세력을 규합하여 친다면 마교를 손에 넣을 가능성이 있었다.

북해신존은 얼어붙은 진천을 바라보며 손에서 수강을 펼쳐냈다. 이미 신체 기능이 정지했겠지만 확실히 죽이기 위해서 진천의 육체를 박살 내려고 한 것이다.

북해신존은 아쉬운 눈으로 진천을 바라보다가 수강을 내질렸다. 수강이 닿는 순간 육체가 산산조각 날 것을 의심하지 않았다.

티잉!

"무슨?"

하지만 북해신존의 손이 튕겨 나갔다.

북해신존은 자신의 손을 바라보았다. 수강은 이미 사라진 지 오래였고 하얀 피부가 갈라지며 피가 흐르고 있었다.

"호신… 강기?"

그럴 리 없었다.

극영빙공으로 모든 것을 얼려 버렸기에 호신강기가 남아 있을 리 없었다. 게다가 자신의 내력 자체를 완전히 박살 내는 호신강기는 들어본 적이 없었다.

북해신존이 당황할 때였다.

얼어붙은 것이 확실한 진천의 육체가 천천히 움직이기 시작했다.

콰아아!

엄청난 내력이 몰아치며 한기를 모조리 날려 버렸다.

진천의 몸에 서리가 내려 앉아 있었지만 상처는 존재하지 않았다.

방금 전 완벽히 얼어붙었다고는 믿기지 않는 모습이었다.

"어, 어떻게?"

북해신존의 얼굴에 경악이 서려 있었다. 너무 놀랐는지 자신이 주춤거리며 뒤로 물러난 것도 알아차리지 못했다.

진천은 그런 북해신존을 바라보며 피식 웃었다.

"대단하군. 혈마신공으로는 당해낼 수 없겠어."

북해신존의 극영빙공이라 할지라도 진천의 혼기를 얼릴 수는 없었다. 오히려 극영빙공이 녹아버리며 자취를 감출 지경이었다.

진천이 수라역천신공을 운용하자마자 몸을 감싸고 있던 한기가 모조리 사라져 버렸다.

"도, 도대체 무슨 수를 쓴 것이냐!"

"칭찬해 주지. 내 진심을 내보이게 할 줄은 몰랐어."

진천은 혼기를 개방했다.

황금빛 기운이 휘몰아치며 주변을 잠식해 나갔다.

북해신존은 진천의 혼기를 느끼는 순간 몸을 부르르 떨었다.

그녀의 머리로도 이해할 수 없는 기운에 두려움을 느낀 것이다. 자연에 절대 존재할 수 없는 기운이었다.

"이, 이런 기운이……."

경악을 넘어 망연자실한 모습을 보여주고 있는 북해신존이었다.

"내력을 회복할 때까지 기다려 주지."

북해신존 정도의 경지에 이르게 되면 진기가 끊임없이 유통되기 때문에 특별한 상황이 아닌 이상 운기를 할 필요가 없었다.

진천이 조금 기다려 주자 그녀의 내력이 완전히 회복되었다. 그럼에도 그녀의 표정은 좀처럼 풀리지 않았다.

너무나 압도적인 기운을 앞에 두고 전의를 잃어가고 있었다.

"그럼 받아보거라. 어디까지 버틸 수 있을지 궁금하군."

진천의 미소에 북해신존은 긴장하며 두 손을 들었다.

그녀가 할 수 있는 최고의 방어 초식을 펼쳤다.

그 모습을 바라보던 진천은 가볍게 주먹을 쥐며 내질렀다. 그러나 결과는 가볍지 않았다.

황금빛 강기가 뿜어져 나가며 북해신존의 내력을 흩어버렸다.

수라역천신공을 운용하여 발휘한 수라권법이었다.

콰아앙!

북해신존이 펼친 방어초식이 간신히 진천의 강기를 막았다.

보통이라면 극영빙공에 의해 얼어붙었어야 했지만 오히려 그녀의 내력이 녹아버리며 사라지고 있었다. 북해신존의 몸이 뒤로 주욱 밀려났다.

진천은 감탄하며 그녀를 바라보았다. 완벽에 가깝게 막아낸 것이다.

"막아냈군."

"…나를 놀리고 있는 건가?"

막아냈음에도 불구하고 북해신존의 얼굴은 어두웠다.

방금 전 충돌로 승산이 없다는 것을 느낀 것이다.

그녀가 버틸 수 있었던 이유는 무공의 공부가 진천보다 깊었기 때문이다. 하지만 그 마저도 점차 좁혀지고 있었다.

진천의 손에서 일렁이던 황금빛 강기가 모습을 감추었다.

수라역천신공으로 펼쳐진 무형강기였다.

"고맙다, 덕분에 깨달았어."

북해신존은 진천이 단순히 따라하는 것이 아닌, 진정으로 무형강기를 깨우친 것을 알 수 있었다.

정체를 알 수 없는 두려운 기운도 그렇고 정말이지 공포를 불러일으키는 자였다.

북해신존은 떨리고 있는 몸을 애써 진정시키며 다시 자세를 잡았다.

진천은 그 모습을 보고는 고개를 끄덕이며 진지하게 자세를 잡았다.

수라권법의 진정한 모습을 펼쳐 보이려 한 것이다.

극영빙공(極永氷功) 절영천하(絶永天下).

북해신존은 자신이 펼칠 수 있는 최고의 수를 펼쳤다.

진천은 다가오는 무형강기를 느끼며 진각을 밟으며 주먹을 내질렀다.

수라권법(修羅拳法) 수라무형권(修羅無形拳).

결과는 이미 정해져 있었다.

북해신존의 절영천하는 결코 진천의 수라권법을 넘어 설 수 없었다. 게다가 진천은 진지했다. 육 할의 실력으로 최선을 다한 공격이었다.

진천의 수라무형권이 북해신공의 몸을 휩쓸었다.

그녀의 몸에 상처는 존재하지 않았다. 하지만 북해신존의 모든 내력이 흩어지며 그녀의 무릎을 꿇게 만들었다.

진천의 수라무형권이 그녀의 내력만을 파괴한 것이다.

"그야말로 무서운 기운이로다. 감히 대항할 수 없는… 이름을 알려줄 수 있겠나?"

"혼기. 그렇게 부르고 있다."

"혼기라……."

북해신존은 혼기라는 이름을 곱씹다가 진천과 두눈을 맞추었다.

"왜 죽이지 않는 거지?"

"마음에 들었다. 죽이지 않을 것이다."

"하, 하하하! 정말이지 재미있는 사내로구나. 마교가 신성시 여기는 천마전을 이토록 어지럽힌 본좌를 살려두겠다는 말인가?"

"애초부터 천마전 따위 신경도 쓰지 않았다. 오히려 대신 없애줘서 고맙군. 이딴 것에 의존하니 마교가 중원의 재패할 수 없었던 거겠지. 그리고 혼기를 본 이상 곱게 풀어줄 생각은 없다."

"하하하하!"

진천의 말에 그녀는 호탕하게 웃었다.

청순한 미인으로 보이는 그녀가 산적과도 같이 웃으니 제법 신기하게 느껴졌다. 털썩 주저앉은 그녀는 깊은 숨을 몰아쉬다가 얼굴을 일그러뜨렸다.

"쿨럭!"

그녀의 입에서 검은 피가 뿜어져 나왔다.

진천의 공격으로 인한 것이 아니었다.

"독……?"

그녀는 자신이 흘린 피를 바라보다가 그렇게 말했다. 진천이 그녀에게 다가가 그녀의 몸에 손을 얹었다.

"확실히 독이로군. 이미 중독된 상태인데 어디서 당한 건가?"

"독이라… 혹시……."

"아마도 곽사준의 짓이겠지."

"그렇겠군. 하하, 그 녀석도 마교의 소마이거늘. 방심했다."

북해신존의 얼굴에는 억울한 기색이 전혀 담겨 있지 않았다. 오히려 통쾌하다는 듯 웃을 뿐이었다.

현문대사에게 썼던 독이었다.

북해신존의 막대한 내력 때문에 독이 전혀 활동을 하지 못했지만 모든 내력이 비워지자 고개를 치켜든 것이다.

극영빙공의 특성상 진천의 공격이 아니었다면 별다른 영향을 끼치지 못했을 독이었다.

그녀는 운기를 하려고 했지만 온몸에 힘이 빠져 움직일 수 없었다. 내력도 좀처럼 모이지 않고 있었다.

진천은 그녀를 바라보다가 혼기를 불어넣었다.

혼기가 극영빙공에 맞는 내력으로 변모하며 그녀의 혈맥을 질주했다.

북해신존은 눈을 크게 뜨며 진천을 바라보았다. 너무나 순수한 내력이 들어오는 감각은 어떤 쾌감에 가까웠다.

북해신존은 중독된 독이 모두 증발하자 몸이 가벼워지는 것을 느꼈다.

"어째서 도와주는 것이냐?"

"내가 죽이지 않겠다고 했으니 그것을 지킬 뿐이다."

"목숨을 거두러 왔다가 오히려 구명지은을 입었군. 역시 인생사 알다가도 모를 일이야."

북해신존과 진천은 동시에 뒤를 바라보았다.

다가오는 많은 기척이 느껴졌기 때문이었다. 곽사준과 여러 고수의 모습이 보였다.

"저년은 독에 중독되었고 곽문진은 지쳐 있을 것이다! 쳐라!"

곽사준이 비릿한 웃음을 머금으며 그렇게 소리쳤다.

자신의 세력 중에서 가장 뛰어난 고수만을 골라 천마전에 미리 잠입시켜 놓은 것이었다.

북해신존의 감각에 걸려들까 봐 일부러 시야에 닿지 않는 먼 곳에 숨어 있다가 싸움이 끝나자마자 둘을 제거하기 위해 나타난 것이었다.

천마전이 울릴 정도로 강대한 내력 충돌이 있었으니 분명 둘 다 극심한 내상을 입었을 것이라 예상한 곽사준이었다.

"양패구상이라. 제법 재미있는 수를 쓰고 있구나. 처음부터 이걸 노린 거겠지. 그저 거만한 사내라고 생각했는데 뱀과도 같이 교활하군."

북해신존은 웃음을 흘리며 몸을 일으켰다.

진천과 북해신존의 주위로 많은 수의 고수가 살기를 흘리고 있었다. 곽사준은 드디어 진천을 죽일 수 있다고 생각한 모양인지 만면에 웃음을 머금고 있었다.

확실히 일반적으로 따지고 본다면 곽사준의 생각에는 일리가 있었다. 인간이 가지는 내력은 무한한 것이 아니었기 때문이다.

북해신존의 내력은 이미 삼 할 이상 복구되었고 진천은 전혀 내력에 손실이 없었다는 사실을 곽사준이 알 리가 없었다.

확실히 자신의 수를 숨기기 위해 진천과 북해신존의 대결을 보지 못한 것이 패착이었다.

"죽여라!"

곽사준이 다시 한 번 명령하자 고수들이 달려들었다. 모두 마교 백위 안에 드는 고수였지만 진천과 북해신존의 눈에는 애송이로 보일 뿐이었다.

진천과 북해신존은 가볍게 고수들의 합공을 피했다. 수많은 고수에게 둘러싸이고도 여유롭게 움직이는 모습에 곽사준은 식은땀을 흘리기 시작했다.

일이 잘못되고 있음을 감지한 것이다.

북해신존의 극영빙공이 고수들의 몸을 얼어붙게 만들었다. 도저히 독에 중독되었다고는 믿기지 않을 내력이었다.

진천이 손을 뻗자 고수의 손에 들려 있던 검이 진천의 손으로 빨려 들어왔다.

"귀찮군."

진천의 손을 떠나 검이 떠올랐다. 떠오른 검은 한차례 진동하다가 고수들을 향해 엄청난 속도로 뻗어갔다.

콰앙!

검이 직격한 자리가 움푹 파이며 잔해들이 솟구쳤다. 마치 하늘에서 유성이 떨어져 내리는 것 같은 착각이 들 정도로 엄청난 위력이었다.

"이, 이기어검!"

"피해라!"

일반적인 이기어검이 아니었다. 무형강기가 서려 있는 이기어검은 너무나 압도적이었다.

북해신존이 잠시 손을 멈추고 감탄할 만큼 대단한 경지였다.

진천은 손속에 사정을 두지 않았다.

고수들의 호신강기가 박살 나며 육체가 단번에 터져 버렸다. 수라검법에 대항 할 수 있는 고수는 존재하지 않았다.

"으, 으아아! 이, 이럴 리 없다!"

곽사준은 몸을 부들부들 떨며 허겁지겁 도망치기 시작했다.

"저기 곽사준이 도망가는군."

북해신존은 그렇게 말하며 남아 있는 고수들의 육체를 조각 냈다. 마침 천마전의 문이 열리기 시작했다. 천마제를 지내는 시간이 지난 것이다.

북해신존인 진천을 바라보았다.

"나를 어떻게 할 생각인지 물어도 되겠나?"

진천은 그녀를 거두고 싶었다.

그녀 정도 되는 고수의 혼백을 제압하는 것은 분명 쉽지 않은 일일 것이다. 혼기를 본 이상 거둘 수 없다면 죽이는 것이 맞았다.

"내 밑으로 들어와라."

"하하, 북해빙궁과 마교의 관계를 모르는 것은 아닐 텐데? 북해빙궁이 마교 밑으로 들어갈 것 같은가?"

"마교가 아니라 내 밑이라 했다."

"무슨 말이지?"

진천은 그녀와 눈을 맞추었다.

"나는 무림 그 자체를 박살 낼 것이다."

"무림을?"

"마교도 장기 말에 지나지 않아. 북해빙궁은 건들지 않겠다고 약속하지. 거절해도 상관없다. 네년을 죽이고 북해빙궁을 없애면 되니 말이야."

북해신존은 진천이 진심을 말하고 있다는 것을 알 수 있었다. 말도 안 되는 이야기지만 진천의 힘이라면 왠지 그렇게 할 수 있을 것 같았다.

북해신존에게 선택지는 많지 않았다. 마교의 소마를 죽이려고 했다는 것이 알려지게 된다면 마교를 완전히 적으로 돌리게 되는 것이었다.

자신은 죽어도 상관없으나 북해빙궁의 많은 제자가 죽임을 당할 것이다. 눈앞에 있는 자는 북해빙궁을 멸문시키고도 남을 역량이 있었다.

"교활하구나."

"대신 혼기를 얻게 해주지. 그리고 원하는 것을 주겠다. 나는 가진 것이 많거든."

북해신존은 혼기를 주겠다는 말에 동요했다.

앞으로 무수한 시간을 수련한다고 해도 결코 혼기에 닿을 수는 없을 것 같았다. 이것은 근본적으로 인간이 가질 수 없는 힘이었다.

북해신존에게 탐욕이 있다면 오로지 무에 대한 것뿐이었다.

"내가 얻을 수 있는 것인가?"

"네가 노력하는 여하에 따라 다르겠지. 큰 것을 얻기 위해서는 작은 것을 놓을 줄 알아야 한다."

북해신존의 방대한 내력을 모두 혼기로 바꾸기에는 무리가 있었다.

선천지기를 혼기로 대체한 후에 하청단을 줄 생각이었다. 당분간 그녀의 무공 수위는 크게 낮아질 것이다. 혼기를 제대로 다루기 전까지는 말이다.

그녀는 진천의 말에 고민을 하다가 고개를 끄덕이며 입을 떼었다.

"한빙마옥(寒氷魔玉)을 북해빙궁에 전해다오."

"좋다."

진천은 그녀의 머리 위에 손을 얹었다.

"거부하지 말고 받아들여라. 네 경지가 높아 혼백이 뒤흔들릴 것이니 큰 고통이 있을 것이다."

"고통 따위로는 본좌를 흔들 수 없지."

북해신존이 조금이라도 반항을 한다면 내력이 폭주해 마인이 될 수도 있었다.

진천은 그녀의 혼백을 잠식하기 위해 우선 모든 내공을 없애 버릴 생각이었다.

막대한 내공의 손실이 생기겠지만 북해신존 정도 되는 고수라면 빠른 시일 내에 회복할 수 있을 것이다.

진천의 혼기가 그녀의 내공을 모두 흩어버리기 시작했다.

선천지기가 혼기로 대체되며 그녀의 혼백을 뒤흔들었다.

막대한 고통이 느껴지는데도 그녀는 눈 하나 깜짝하지 않았다. 대단한 정신력이었다.

순리를 따르는 그녀의 혼백이 진천의 혼기에 대항했지만 그녀는 최대한 진천에게 마음을 열었다.

한동안 대치를 하다가 진천의 혼기가 그녀의 혈맥을 따라 돌다가 단전에 안착하기 시작했다.

예전 그녀의 내력에 비하면 터무니없이 적은 내공이었지만 이 이상 억지로 불어넣는다면 혼백이 깨질 우려가 있었다. 그만큼 그녀의 경지는 대단히 높았다.

'천천히 잠식하도록 놔둬야겠군. 혼기를 지니게 된 이상 나를 배신할 수는 없을 터.'

진천이 손을 거두자 그녀가 긴 호흡을 내뱉었다.

그녀의 마치 눈처럼 하얗던 피부에 열기가 감돌며 생기가 더해졌다.

그녀는 크게 놀란 표정으로 자신의 내부를 관조했다.

그 두려운 기운이 자신의 단전에 있었다.

극영빙공으로 혼기를 움직여 보자 느리지만 조금씩 움직이는 것이 느껴졌다. 잃어버린 내공은 생각조차 나지 않는 듯 그녀는 희열에 몸을 떨고 있었다.

더 강해질 수 있다는 기쁨이 그녀를 들뜨게 만든 것이다.

"받아라."

진천이 하청단을 그녀에게 내밀었다. 그녀는 하청단을 받아 들고는 살펴보다가 크게 놀라며 벌떡 일어났다.

"처, 천하의 보물로 칭해도 무방할 정도로군. 이걸 나에게 그냥 줘도 되는가?"

"잔말 말고 복용해라."

북해신존의 눈빛이 반짝였다. 감동을 받은 티가 역력했다.

"너를 이제부터 흑설이라 부르마."

"흑설? 하하, 본좌에게 어울리는 이름이군."

"마검궁에 가서 내력을 회복해라."

"알겠다. 그나저나 곽사준을 그대로 놔두어도 괜찮은가?"

진천은 흑설의 말에 피식 웃을 뿐이었다.

흑설은 진천의 미소를 보고 곽사준이 꽤나 처참한 최후를 맞게 될 것을 짐작했다.

'신을 보고 있는 것인지도 모르겠군.'

흑설은 진천을 바라보며 그렇게 생각했다.

제9장
마통지옥(魔痛地獄)

진천은 천마전에서 나오자마자 안에서 있었던 일을 적당히 각색하여 모두에게 알려주었다.

곽사준이 허겁지겁 도망가는 것을 본 마교인들은 진천의 말을 믿을 수밖에 없었다. 설령 사실이 아니라도 믿어야만 했다.

진천은 그 자리에 남아 있던 곽사준의 사람들을 없애 버리고 곽사준이 마교를 더럽힌 역적이라는 것을 선포했다.

곽사준은 자신에게 그나마 충성을 바치는 고수들을 이끌고 마교 밖으로 필사의 탈출을 감행하고 있었다. 더 이상 자신에게 기회가 없음을 깨닫고 후일을 도모하기 위해 도주하는 것이다.

천마전의 천녀들을 도륙하고 천마지존과 소마 외의 사람을 들여보낸 죄는 백번 죽어 마땅했다.

너무나 큰 사안이었기 때문이 이번 일은 천마지존의 귀에까지 들어가게 되었다.

폐관수련 중인 천마지존이 이례적으로 잠시 수행을 멈추며 천마동 밖으로 호위대를 내보내 자신의 뜻을 마교에 전했다.

역적 곽사준을 잡아들이고 곽문진을 소교주로 삼겠다는 선포가 마교에 울려 퍼졌다.

정식 임명식을 가지지는 않았지만 명실상부 소교주가 된 진천은 모든 마교인을 움직일 권리를 천마지존에게 직접 넘겨받았다.

폐관수련 막바지에 이른 천마지존은 천마동 밖으로 나오지 않고 소교주가 이 사태를 해결할 것을 명령했다.

곽사준이 마교 밖으로 도주하고 이틀이 지났을 때 진천은 드디어 주요 직책에 있는 마교인들을 소집했다.

마검궁은 소천마궁(小天魔宮)으로 이름이 바뀌었다. 주변 부지가 모두 통합되어 거의 모든 영역이 진천의 것이 되었다.

소교주로는 최초로 모든 세력을 통합하게 된 것이다. 천마지존이 이를 알고 기뻐했다는 말이 전해져 왔다.

"감축드리옵니다. 소교주님."

"모든 마교인들이 소교주님을 진심으로 따를 것을 맹세하였나이다."

"마교의 홍복이옵니다."

마교의 원로들은 입을 모아 진천을 찬양하기 급급했다.

곽사준이 천마전에서 일을 벌이기 전에 진천에게 줄을 대었던 원로들은 상당히 여유로웠지만 그렇지 않았던 원로들은 식은땀까지 흘리며 찬양을 멈추지 않았다.

진천이 손을 들자 모두가 조용해졌다. 진천은 원로들을 한 번씩 바라보았다. 원로들은 진천의 압도적인 기세에 몸을 떨며 고개를 조아렸다.

진천은 잠시 침묵을 지키다가 입을 떼었다.

"역적 곽사준을 잡아올 것이다."

"신이 돕겠나이다."

"추격대를 꾸리겠나이다."

진천의 말에 모두가 앞 다투어 자신의 수하들을 내놓기를 주저하지 않았다.

"이번 일은 본인이 직접 참여할 것이다."

"과연! 만마의 존경을 받으실 만한 판단이십니다."

"천마지존께서도 흡족해하실 겁니다."

"허허, 마교의 미래가 이리 밝다니 소신, 눈물이 멈추지 않나이다."

진천은 고개를 끄덕였다. 마교의 모든 원로가 자신의 편이었다.

천마지존이 사라진다고 해도 저 충성은 변치 않을 것이다. 진천은 천마신공을 얻고 천마지존을 죽일 생각이었다.

회의가 끝나나 소천마궁 앞에 많은 부대가 몰려들었다. 추적에 가장 뛰어나다고 알려진 마혈대를 시작으로 여러 부대들이 소천마궁 앞에 도열해 있었다.

진천은 소교주를 상징하는 의복을 입고 그들의 앞에 섰다.

쿠웅!

모두가 무릎을 꿇으며 머리를 바닥에 찧었다. 그 진동이 워낙 커서 소천마궁을 울릴 정도였다. 진천이 다가가자 모두 자리에서 일어나 길을 텄다.

"마혈대 휘하 오십인, 소교주님의 명을 받들겠습니다."

"음영마조, 휘하 오십오인. 명을 받들어 당도했나이다."

"마수대 휘하 오십인, 목숨을 바쳐 명을 완수하겠나이다."

"마산대 휘하……."

그들의 목소리가 쩌렁쩌렁 울려 퍼졌다.

곽사준을 잡는 일에 무려 오천이 넘는 고수가 모인 것이다. 모두가 절정 이상의 고수였고 그들을 이끄는 우두머리는 모두 화경 이상의 경지를 보여주었다.

진천은 마교의 저력을 다시 한 번 느낄 수 있었다.

진천이 뒤를 바라보자 월영쌍희가 나타나며 부복했다. 연이어 나타난 십마화와 마화대가 진천을 향해 고개를 조아렸다.

"주군, 모든 준비가 완료되었습니다."

"명을 내려주십시오."

진천이 손을 들자 모두가 자리에서 일어나며 흉흉한 기세를 피워냈다.

진천은 그들을 보며 흡족한 미소를 지었다.

"곽사준을 생포한다. 방해하는 자는 이유를 막론하고 모두 베어라."

"존명!"

진천이 앞을 향해 걷자 오천의 고수가 양 옆으로 비켜섰다.

도열해 있는 오천의 고수 외에 무수한 일반 마교인들의 모습도 보였다.

일반 마교인이라고는 하나 모두 이류에서 일류에 달하는 자들이었다. 가히 일국의 병력들을 보는 것 같았다.

"출전!"

"길을 열어라!"

진천의 걸음을 방해하는 존재는 없었다. 모두가 하나된 마음으로 길을 열고 있는 것이다. 거대하게 잠겨 있던 마교의 정문이 열리며 밖으로 통하는 통로가 모습을 드러냈다.

진천이 신법을 전개하며 순식간에 통로를 통과했다. 마교의 입구를 지키고 있던 자들도 모습을 드러내며 소교주를 배알했다.

휘이이익!

오천의 고수가 일제히 움직이며 모습을 감추었다. 세상에서 가장 끔찍한 마교의 추적이 시작된 것이다.

*　　*　　*

곽사준은 필사적으로 도망쳤다. 그를 따르는 자들은 그리 많지 않았다. 단지 열이 넘는 절정고수와 곽사준의 호위대가 따라올 뿐이었다.

그가 소유했던 강대한 세력에 비하면 대단히 초라할 지경이었다.

"젠장! 젠장!"

곽사준은 욕을 내뱉으며 쉴 새 없이 경공을 전개했다. 도저히 받아들일 수 없는 치욕이 그를 휘감았다.

곽사준은 살아남아 이 치욕을 반드시 갚아주리라 맹세했다.

이틀을 그렇게 달려 험준한 산맥으로 들어오자 곽사준은 간신히 숨을 내쉬며 쉴 수 있었다.

그를 따르는 수하들도 모두 지쳐 보였다. 물 한 모금도 마시지 않고 강행군을 했으니 지치는 것은 당연했다.

곽사준은 알고 있었다. 마교에서 추적이 나오기 전에 최대한 거리를 벌려 놓아야 했다.

"주군, 향후 계획이 있으십니까?"

곽사준의 호위대장이 그렇게 물었다. 곽사준은 얼굴을 일그러뜨리며 입을 떼었다.

"무림맹으로 가야겠다."

"무림맹 말씀이십니까?"

"그래, 마교에 대한 기밀을 전해주면 무림맹주는 분명 우리를 받아줄 것이다."

"하오나 그건 마교에 대한 배신……."

"닥쳐라!"

곽사준의 노기에 호위대장은 말을 잇지 못했다.

곽사준은 도망쳐 오는 와중에도 마교의 비급들을 챙겨왔다. 하나하나가 모두 마교의 절기였으니 무림맹과 교섭할 때 큰 힘이 되어줄 것이다.

'무림맹의 힘을 빌린다면 가능성이 있다.'

마교가 무림맹에 의해 좌지우지될 테지만 교주가 될 수 있다면 그 정도는 감내할 수 있었다.

"주군, 저 앞에 민가가 있습니다."

"잘 되었군."

곽사준은 자리에서 일어났다.

"먹을 만한 것을 찾는다. 목격자는 다 죽이도록."

"존명!"

곽사준과 그의 수하들이 민가를 향해 이동했다. 배고픔이 극에 달해 있는 상황이었기에 곽사준과 그의 수하들은 결코 망설이지 않았다. 산중에 여러 집들이 옹기종기 모여 있는 촌락을 발견하자마자 빠르게 다가갔다.

"어, 어디서 오신 분들이신지……."

서걱!

"커억!"

중년의 남자를 단번에 베어버린 곽사준은 수하들에게 손짓했다. 그러자 지옥이 펼쳐졌다. 남녀노소 가릴 것 없이 모조리 베기 시작했다.

"사, 살려주세요."

"으아아악!"

"안 돼!"

곽사준은 호위대장을 바라보며 입을 떼었다.

"반반한 계집은 살려두도록. 수하들의 사기가 떨어졌으니 좋은 약이 될 거다."

"존명!"

곽사준의 말대로 수하들은 그럭저럭 예쁘장한 여자들만 남기도 모조리 도륙했다.

수하들이 촌락을 뒤져 음식들을 가지고 나왔다. 곽사준과 수하들은 그 자리에서 허겁지겁 음식을 먹기 시작했다.

"흐, 흐으윽."

"살려주세요."

여인들이 흐느낌 속에서 음식을 단번에 해치운 곽사준이 몸을 일으켰다.

"이 정도 왔으면 두 시진은 쉴 수 있을 것이다. 나를 잘 따라 무림맹에 당도한다면 너희들의 미래를 약속하겠다."

곽사준은 수하들에게 그런 말을 하며 흔들리는 충성심을 바로잡았다.

무림맹에 도착한다면 이런 놈들 따위 어찌 되든 상관없었다. 곽사준에게 이들은 그저 도구일 뿐이었다.

'아무리 마교라고 할지라도 금방 추적하긴 힘들 거야.'

흔적을 철저히 지우며 왔으니 더 시간이 걸릴 것이다. 곽사준이 가장 반반한 여인의 머리카락을 움켜쥐었다. 비명을 지르는 여인에게 주먹을 휘두르려 할 때였다.

"커헉!"

호위대장의 입을 뚫고 검날이 솟아나왔다.

곽사준은 화들짝 놀라며 원흉을 바라보았다. 멍한 표정을 짓고 있는 곽사준의 수하 중 하나가 검을 회수하더니 깔끔하게 호위대장의 머리를 베어버렸다.

"네놈! 무슨 짓이냐!"

"……."

그것이 시작이었다.

"커억!"

"왜, 왜 그러는 거야! 커억!"

갑자기 수하들이 서로를 베기 시작했다.

곽사준은 도저히 정신을 차릴 수가 없었다. 도대체 왜 저들이 갑작스럽게 지금에 와서 배신을 한단 말인가?

"주, 주군. 피, 피하십시오! 커억!"

"미친!"

순식간에 절반 이상이 죽어버렸다.

온몸에 피를 묻힌 수하들이 자신을 멍한 눈으로 바라보고 있었다.

곽사준은 빠르게 숲을 향해 몸을 날렸다. 방금 전까지만 해도 자신을 따르던 수하들이 지금은 자신을 추적하고 있었다.

'도대체 무슨 일이란 말인가!'

배신을 하려면 훨씬 전에 했어야 했다. 도주에 어느 정도 성공한 시점에서 왜 배신을 한단 말인가?

게다가 그들의 충성심은 곽사준이 잘 아는 바였다. 죽으면 죽었지 배신을 할 리가 없는 자들이었다.

휘이이잉! 퍼엉!

화려한 불꽃이 하늘 높이 치솟았다.

곽사준은 그것을 멍하니 바라볼 수밖에 없었다. 만약 추격자들이 보았다면 이 주변은 금세 포위가 될 것이다.

곽사준을 발견한 수하가 검을 치켜들며 달려들었다.

곽사준은 검을 뽑아 들고 검강을 생성하며 맞서기 시작했다.

서걱!

곽사준의 검이 수하의 허리를 가르며 지나갔다. 그 순간 사방에서 수하들이 달려오기 시작했다.

"크윽!"

모두를 상대할 수 없었다.

곽사준은 방어하는 것을 포기하고는 빠르게 몸을 날렸다. 허벅지와 팔을 베였지만 다행히 깊게 베이지는 않았다.

눈앞에 절벽이 보였다.

곽사준은 잠시 망설이다가 이를 악물고 뛰어내렸다. 호신강기를 펼친다면 몸이 크게 상하지 않을 것이란 계산에서였다.

"크윽!"

절벽 밑으로 굴러 떨어진 곽사준은 간신히 몸을 일으켰다.

호신강기 덕분에 큰 부상은 없었지만 여기저기가 찢겨져 피가 흘러나오고 있었다.

"젠장!"

곽사준은 최대한 기척을 없애며 바닥을 기었다.

마교의 소마인 자신이 이런 처참한 꼴로 바닥을 기고 있다고 생각하니 절로 실소가 터져 나왔다.

'곽문진! 네놈… 죽여 버리겠다!'

곽문진에 대한 복수심이 끓어올랐다.

곽사준은 이를 악물고 몸을 숨겼다.

며칠을 그렇게 버텨냈지만 점차 지쳐가고 있었다. 작은 짐승들의 피로 목을 축이고 생살을 뜯어먹으며 천천히 산맥을 넘어갔다.

'천라지망… 마혈대인가.'

추격으로는 마교에서 제일인 마혈대가 등장한 것 같았다. 곽사준은 식은땀을 흘리며 더욱 조심스럽게 이동했다.

어떻게든 마교의 영향권을 벗어나서 후일을 도모해야 했다.

곽사준의 분노가 평정심을 흩어버리는 순간이었다.

하지만 그가 내뿜은 작은 살기를 감지하는 자들이 있었다.

휘익!

"크윽!"

암기가 날아와 곽사준의 허벅지에 박혔다.

곽사준은 다급히 암기를 뽑아내며 경공을 전개하기 시작했다. 어두운 숲 속에서 암기가 쉴 새 없이 날아왔다.

곽사준은 검을 들어 암기를 쳐내며 전력으로 경공을 전개했다.

"젠장!"

곽사준은 어깨를 관통하며 나온 쇠못과도 같은 암기를 거칠게 빼내고는 점혈을 짚었다.

그렇게 정신없이 달리자 숲의 끝이 보였다. 암기를 피하며 바닥을 구르자 어느덧 숲을 빠져나와 넓은 들판에 도달했다.

곽사준은 신음성을 흘리며 몸을 일으켰다. 숲 속에서 따라오던 추격자의 기척은 이제 느껴지지 않았다.

그들이 이렇게 쉽게 포기할 리가 없었다. 곽사준이 시선을 돌려 들판을 바라보았다.

우뚝!

경공을 전개하려던 곽사준은 그 자리에 우뚝 설 수밖에 없었다. 밤하늘 아래 도열해 있는 무수한 고수들이 보였기 때문이다.

마교의 깃발을 들고 서 있는 모습은 전율을 일게 만들 정도였다.

저것은 본래 자신의 것이 되었어야 했다. 거의 다 잡힐 듯이 가까이 왔었다.

분명 그랬을 터였다.

"꼴이 말이 아니군."

도저히 잊을 수 없는 목소리가 들려왔다. 그를 바라보는 곽사준은 눈에서는 핏발이 튀어나와 있었다.

"곽문진! 네이놈!"

"소교주님이라 불러라."

"그 자리는 네 것이 아니다! 오로지 나의……."

"불경하군."

마교의 소교주가 그 말을 내뱉자 무언가가 곽사준을 훑고 지나갔다.

곽사준은 옆을 바라보았다. 월영쌍희의 모습이 보이는 순간이었다.

"어? 크아아악!"

곽사준의 두 다리가 잘려 나가며 그의 몸이 바닥에 엎어졌다.

마교의 소교주는 부드러운 미소를 지으며 곽사준을 내려다보았다.

"벌레처럼 기는 모습이 잘 어울리는구나."

"으, 으아아악!"

곽사준은 고통에 비명을 내질렀다. 그러한 비명에도 고수들은 전혀 미동조차 없이 서 있었다.

*　　　*　　　*

진천은 바닥에서 허둥거리는 곽사준을 내려다보았다.

지난날에 자신이 숭산에서 발악했던 모습과 겹쳐 보였다.

다른 점이 있다면 곽사준은 고통에 사로잡혀 이성을 잃고 있었고 그 날에 자신은 고통을 이겨가며 탈출을 모색했다는 점이었다.

진천이 손을 까딱이자 진천의 옆에 서 있던 마혈대주가 무릎을 꿇으며 두 손으로 자신의 검을 내밀었다.

진천이 검을 받아 들고는 곽사준에게 겨누었다.

곽사준은 간신히 고개를 들어 진천과 눈을 맞추었다.

“사, 살려줘. 그, 그래도 나는 네 혀, 형이 아니냐.”

“형이라…….”

“처, 천마지존께서도 가족끼리 죽이는 것을 원치 않으실 것이다. 제, 제발 부탁이다.”

곽사준은 비굴하게 진천에게 목숨을 구걸했다. 마교의 고수들이 지켜보는 앞에서 말이다.

진천은 곽사준의 말에 고개를 끄덕였다.

“살려주도록 하지.”

“고, 고맙다. 저, 정말 고마워.”

진천의 입가에 더욱 진한 미소가 서렸다. 그것을 본 곽사준은 막대한 공포를 느꼈다.

진천은 곽사준의 어깨에 검을 박아 넣었다.

“끄, 끄아아악! 사, 살려준다고 하, 하지 않았느냐!”

“내가 전에 한 말을 잊었나? 나는 널 죽이지 않을 거야.”

흠칫! 덜덜덜!

곽사준은 진천이 천마지로에서 했던 말이 떠올랐다. 죽이지 않고 평생을 고통 속에서 보내게 만들겠다는 그 말이 그를 더욱더 큰 공포로 밀어 넣었다.

곽사준은 똥지게를 짊어진 검마의 모습이 떠올랐다. 그런 모습이 되느니 죽는 것이 나았다.

곽사준이 혀를 깨물고 자결을 하려 할 때였다.

진천이 손을 뻗자 곽사준의 입이 벌어졌다. 무형지기로 마혈을 짚어 움직이지 못하게 만들었다.

“마혈대주.”

“예, 주군.”

“이 역적을 어찌 처리하면 좋겠는가? 어찌하면 천마전에서 영면을 취하시던 천마지존들의 노기를 잠재울 수 있겠는가?”

마혈대주는 즉각 고개를 숙이며 입을 떼었다.

“사지를 자르고 두 눈과 혀를 뽑은 다음 마통지옥(魔痛地獄)형에 처하심이 어떠십니까?”

"마통지옥? 설명하라."

"마교 최고의 고문 기술자들이 살점 하나하나를 베어내는 형벌입니다. 절대 죽지 않으며 평생토록 고통을 받게 할 수 있다고 자부하고 있습니다."

마통지옥이라는 말에 곽사준은 필사적으로 저항하려 했다.

곽사준의 눈에서는 눈물이 줄줄 흘렀고 바지는 이미 축축해져 있었다.

"마통지옥형에 처하기 위해서는 천마지존의 허가가 필요하나 소교주님께서는 이 일에 관한 모든 권한을 위임받으셨습니다."

"좋은 생각이군."

진천과 곽사준의 눈이 마주쳤다.

곽사준은 필사적으로 그것만은 안 된다고 간절한 눈빛을 보내왔다. 진천은 씨익 웃었다.

"역적 곽사준을 마통지옥형에 처하라."

"존명!"

마혈대원들이 곽사준을 커다란 철관에 넣었다. 곽사준은 그 어떤 저항도 하지 못하고 철관 안에 갇히게 되었다.

"돌아간다."

"존명!"

진천의 명령에 모두가 마교로 귀환하기 시작했다. 진천은 어느 때보다도 기쁜 마음으로 하늘을 바라볼 수 있었다.

* * *

마교로 돌아온 진천은 곽사준에게 내려지는 마통지옥을 직접 지켜보았다.

소천마궁의 넓은 마당에 묶여 있는 곽사준은 두 눈동자를 굴리며 비명을 내질렀다.

단전은 이미 박살 나 있어 몸에 힘이 없어 보였고 혀 역시 이미 뽑혀져 있었다.

"그, 그아아아!"

비명을 내지르며 어떻게든 발악했지만 누구도 그를 위해 나서지 않았다. 오히려 분노에 찬 눈으로 곽사준을 노려볼 뿐이었다.

마교의 최고 고문 기술자인 극통악귀(極痛惡鬼)가 화려한 의자에 앉아 있는 진천을 향해 고개를 조아렸다.

오로지 통각에 관한 연구에만 매달려 백도무림에서도 그 악명이 자자한 희대의 악인이었다.

흑설도 십마화 사이에 섞여 있었다. 이미 혼기에 대한 감을 잡은 지 오래였고 하청단을 복용하여 예전의 내공을 회복하는 중이었다.

약해진 지금이라 할지라도 흑독과 흑명보다 훨씬 강했다.

그녀가 혼기를 완벽하게 다루게 되면 어느 정도까지 발전할 수 있을지 궁금하기까지 했다.

진천의 수행에 많은 도움을 줄 수 있을 것이다.

'북해빙궁, 딱 괜찮은 곳이야.'

진천의 계획이 실행될 날이 오면 진천은 희연과 희연이가 소중하게 여기는 자들도 그곳으로 옮겨 화를 당하지 않게 할 생각이었다.

중원으로부터 멀리 떨어져 있는 최적의 장소였다.

그리고 자신이 죽이고 싶지 않은 자들도 되도록이면 그렇게 하고 싶었다.

자신만을 생각하는 이기적인 처사라고 해도 진천은 흔들림이 없었다. 복수를 실행할 때부터 이미 진천은 악인이었다.

"마통지옥형을 실행하라."

"존명!"

피로 얼룩진 복면을 쓴 극통악귀가 날카로운 날붙이를 든 채로 곽사준에게 다가갔다.

곽사준은 온몸을 비틀며 비명을 질러댔다. 극통악귀는 그 비명을 즐기며 진천의 명을 실행하기 시작했다.

"끄아아아아!"

극통악귀는 전문가다웠다. 사지를 잘라 버리고 두 눈을 뽑아내는데도 곽사준은 피를 흘리지 않았다.

극통악귀가 익힌 무공이 효과를 발휘하고 있는 것이다.

"꺼어어억! 크아아!"

비명 소리가 소천마궁에 울려 퍼졌다.

곽사준의 처절한 모습을 지켜보는 모든 마교인들은 진천에 대한 충성을 맹세하고 또 맹세할 수밖에 없었다.

반항하게 되면 누구든지 저런 꼴이 될 수 있다고 생각했다.

곽사준의 피부를 천천히 한 겹 벗겨낸 극통악귀가 진천에게 고개를 숙였다.

"수고했다."

"존명! 내려주신 임무를 성실히 수행할 것이옵니다."

형은 이제부터 시작이었다.

극통악귀는 그의 제자들과 함께 한 시진마다 곽사준의 피부를 벗겨내며 계속해서 고통을 줄 것이다.

치료와 고문을 반복하며 아주 오랜 세월 그렇게 시간을 보내게 될 것이다.

고통받는 곽사준의 모습을 보며 은은한 미소를 짓고 있는 진천의 모습이 마교인들에게 크게 각인되었다.

"술을 마시고 싶군."

"곧 대령하겠나이다."

"음, 소천마궁의 창고를 개방하여 이곳에 모인 이들에게 좋은 술을 나눠주거라."

"존명!"

흑명이 그렇게 말하며 십마화를 바라보자 그녀들이 고개를 끄덕이며 사라졌다.

곽사준이 지옥에 떨어진 것 같은 고통을 받을 때 소천마궁에서는 화려한 술잔치가 펼쳐졌다.

마교인들은 따듯한 면모를 보이는 진천의 모습을 보며 크게 감동했다.

제10장
천마신공(天魔神功)

시간은 그럭저럭 빠르게 흘러갔다.

진천은 명단에 적힌 고수들을 곽사준에게 동조했다는 죄를 씌워 마통지옥형을 내렸다.

진천의 이런 결정을 제일 반기는 것은 극통악귀였다. 극통악귀는 신선한 죄인들을 내려주는 진천을 거의 신처럼 숭배하는 지경에 이르렀다.

명단에 있는 자는 이제 하나만 남기고 모두 처리되었다.

'천마지존.'

단 하나만 남아 있을 뿐이었다. 물론 계획에 동원되었던 마교인들은 아직 살아 있기는 했다. 그들은 백도무림과 결전을 치를 때 소모해야 할 소모품이었다.

진천은 소천마궁에 마련되어 있는 개인 연무장에서 흑설의 극영빙공을 전수받았다.

북해빙궁의 궁주만이 익힐 수 있는 무공이었지만 흑설은 이미 진천의 사람이 되었다.

흑독이나 흑명처럼 온몸을 다 바쳐 충성하는 모습은 아니었지만 진천에게 지극한 호감을 품게 되었고 진천을 배신할 생각조차 할 수 없게 되었다. 그것 외에는 자유롭게 생각하고 움직였다.

"대단하군. 극영빙공을 이토록 쉽게 익힐 줄이야."

흑설은 극영빙공을 가볍게 펼치는 진천을 보며 크게 감탄했다

수라역천신공의 묘리가 섞인 극영빙공은 엄청난 위력을 자랑했다. 혈마신공과 극영빙공은 진천에게 많은 무학적 깨달음을 전해주었다.

눈앞을 막아서고 있는 심즉살의 벽이 곧 깨질듯이 얇아진 것을 느꼈다. 천마신공을 얻어 실마리를 찾는다면 금방 넘어설 수 있을 것 같았다.

"주군을 따르기로 한 것이 다행이군."

흑설은 솔직한 말을 내뱉었다.

"무림을 박살 낸 후에는 무엇을 할 생각이지?"

"글쎄."

"나와 함께 북해빙궁에서 머무는 것은 어떤가?"

"그때까지 네가 살아 있다면 생각해 보도록 하지."

"호오, 그것 참 반가운 소리로군."

진천은 혼기로 이루어진 한기를 털어내며 고개를 돌렸다.

진천의 시선이 닿는 곳에 흑명이 나타나며 부복했다.

"주군, 천마지존이 폐관수련을 마쳤다고 합니다."

"드디어 나왔군."

"천마동으로 찾아오라는 연통이 왔습니다."

진천은 흑명의 말에 고개를 끄덕였다. 드디어 천마지존과 대면할 시간이 온 것이다.

진천은 천마지존이 무림맹주보다 하수일 경우 그 자리에서 격살할 생각을 가지고 있었다.

무림맹주의 경지는 현재 진천이 수라역천신공을 전력으로 펼친다고 해도 쉽지 않은 정도였다. 천마지존도 응당 그래야 했다.

"알았다. 준비하도록 하지."

"조심해. 천마지존은 강해. 사파가 사라질 당시에 본 그는 나를 넘어서고 있었어."

흑설은 그렇게 말하며 모습을 감추었다.

진천은 월영쌍희가 가져다준 정갈한 의복으로 갈아입었다. 소교주를 나타내는 문양이 가슴에 새겨져 있었다.

진천은 바로 소천마궁을 나섰다. 호위는 따로 두지 않고 홀로 천마동으로 향했다.

만마의 지존이라 불리는 천마지존의 명이니 소교주라 할지라도 바로 이행을 해야 했다. 감히 천마동에 들라하는 명령에 따라오겠다고 하는 마교인들은 존재하지 않았다.

천마동은 오로지 천마지존과 그가 허락한 자만이 들어갈 수 있는 곳이었다. 소마들조차 단 한 번도 허락되지 않은 곳이었다.

아직 임명식을 하지는 않았지만 소교주가 되었기에 천마동에 부름을 받을 수 있던 것이다.

진천은 바로 천마동으로 향했다.

천마동은 마교를 이루고 있는 분지 옆에 마련되어 있는 또 다른 분지를 모두 차지하고 있었다. 가장 아름답고 영험한 기운이 흐르는 곳이었다.

마교의 중심을 관통하고 있는 커다란 길을 따라 걸었다.

진천이 지나갈 때마다 마교인들이 무릎을 꿇고 머리를 조아렸다. 차기 교주로 지명된 소교주는 그들에게 있어서 새로운 신이나 마찬가지였다.

모두가 경외감을 품고는 진천을 대하고 있는 것이다.

거대한 성문과도 같은 문이 나타났다. 굳게 닫혀 있는 문이 진천이 다가가자 천천히 열리기 시작했다.

보통 문이 아니었다. 만년한철로 만들어진 거대한 문은 검강에도 손상이 전혀 안갈 정도로 단단했다. 외부에서 침입하는 것은 아마도 불가능할 것이다.

그그그극! 쿵!

거대한 만년한철의 문이 활짝 열렸다.

무림맹도 호화스러웠지만 마교는 비교 자체가 불가능했다. 장인이라면 누구나 탐낼 만년한철을 통짜로 문으로 쓰고 있으니 말이다.

마교에 직접 다녀가지 않는 이상 그 누구도 믿지 못할 광경이었다.

진천은 문 안으로 들어섰다.

천마전으로 향하는 통로와 비슷했지만 훨씬 컸고 웅장했다. 그 비싸다는 야명주가 바닥에 아무렇게나 돌아다니고 있었고 황금으로 만들어진 조각상들이 즐비했다.

"사치의 극치로군."

진천이 처음 보는 보석들과 물건들이 널려 있었다. 색목인들과 교역하며 가지고온 물건들로 보였다. 서두를 필요는 없었다.

진천은 조각품들을 감상하며 통로를 걸었다.

통로 끝에 이르자 밝은 빛이 보였다.

통로를 빠져나오자 보이는 것은 마치 신선이 살 법한 무릉도원이었다.

맑은 연못이 보였고 아름다운 정자가 세워져 있었다. 저 멀리서는 무지개 속에 가려진 폭포가 보였고 물방울들이 아름다운 빛을 내며 튀어 오르고 있었다.

선녀가 나온다고 해도 이상하지 않을 법한 광경이었다.

진천이 천마동에 당도하자 다가오는 기척이 있었다.

진천의 앞에 나타난 남자가 고개를 깊게 숙이며 진천을 맞이했다.

'제법이군.'

느껴지는 기세와 내력으로 보아 검마보다 적어도 반수 정도 뛰어난 고수가 분명했다.

천마지존의 직속임을 나타내는 문양을 달고 있었다.

"안내해라."

그는 말없이 다시 한 번 고개를 숙이며 진천을 안내하기 시작했다.

다른 마교인과 같은 과도한 예는 차리지 않았다. 천마지존에게만 충성을 다할 것이 분명했다.

진천은 그에게서 흥미를 잃었다.

어차피 천마지존이 되면 자신의 것이 될 터이니 굳이 수족으로 거둘 필요가 없어 보였다.

몽환적인 분위기의 풍경을 감상하며 천천히 걸었다. 남자는 진천의 걸음에 맞추어 진천을 안내했다.

천마동의 중앙에는 아름다운 건물이 세워져 있었다. 일반적인 건물과는 달랐다. 건물을 이루고 있는 기둥 하나하나가 이기어검을 넘어서는 묘리로 깎여진 것이었다.

진천은 이 건물을 만든 것이 천마지존임을 알아차렸다.

'쓸데없이 심력을 소모해 만들었군.'

천마지존은 생각보다 한가한 모양이었다.

남자는 건물 앞까지 진천을 안내하고는 모습을 감추었다.

진천은 기감을 넓혀보았다. 주변에 숨어 있는 자들을 감지할 수 있었다.

작은 곤충 정도의 기척으로 밖에 느껴지지 않을 정도로 대단한 은신술이었다. 진천은 흥미로운 미소를 지었다. 건물에서 천마지존의 기척이 전혀 감지되지 않아서였다.

무림맹주와 맞먹을 정도의 고수가 분명했다.

진천이 문 앞에 다가가자 무형지기가 다가오며 문이 자동으로 열렸다. 진천은 무형지기가 흘러나오는 곳으로 걸음을 옮겼다.

긴 복도를 지나 낡은 나무 문 앞에 서자 안에서 목소리가 들려왔다.

"들어오너라."

매력적인 울림의 목소리였다.

진천은 문을 열고 안으로 들어섰다.

천마지존의 모습이 보였다.

흑색의 무복을 입고 있었음에도 불구하고 후광이 비쳐 무척이나 밝게 보였다.

깨달음을 얻어 반로환동을 했는지 진천보다 조금 나이가 많게 보였다. 진천은 그의 수준을 가늠해 보았다.

천마지존에게서는 아무것도 느껴지지 않았다. 그것은 진천보다 높은 경지에 이르렀다는 뜻이었다.

'무림맹주와 동수로군.'

적어도 심즉살의 경지를 이룬 것 같았다.

수라역천신공을 전력으로 발휘해서 대결한다면 좋은 승부를 볼 수 있을 것 같았지만 큰 부상을 각오해야 할 것이다.

진천은 한 차례 절을 올렸다. 천마지존은 그런 진천을 흡족하게 바라보며 고개를 끄덕였다.

"네가 고생이 많았구나."

천마지존의 눈에는 따뜻함이 깃들어 있었다. 아들을 보는 눈이 확실했다.

"앉거라."

진천은 천마지존과 마주보며 앉았다.

진천의 앞에는 다과상이 마련되어 있었다. 식기 하나하나가 엄청난 가치를 지닌 보물들이었다.

"이야기는 들었다. 혈마지체를 이루었다는 말이 사실인가?"

"그렇습니다."

"보여봐라."

진천이 혈마강기를 보여주자 천마지존은 매우 만족해하며 고개를 끄덕였다.

"역사상 단 한 명만 이루었다는 혈마지체를 내 아들이 이룰 줄이야. 하하하! 어려서부터 비범하더니 그 이유가 있었구나."

"부끄러울 따름입니다."

"아니다. 너라면 완벽한 천마신공을 완성할 수 있을 게야."

천마지존은 생각보다 곽문진을 아끼고 있었다. 온갖 역경을 넘고 이 자리에 도달한 아들을 자랑스러워하고 있었다.

"미안하구나. 마교의 법도상 너를 돌봐줄 수 없었다."

"아닙니다. 소자 역시 마교인으로서 마땅히 스스로 강해져야 했습니다."

"마본천녀와 곽사준을 잔혹하게 처리했더구나."

천마지존이 진천을 바라보았다.

"예. 마교의 법도가 지엄함을 알려준 것뿐이옵니다."

"잘했다. 살아남은 너만이 내 아들이다."

천마지존은 그렇게 말하며 웃음을 지었다.

천마지존은 곽사준보다 곽문진을 훨씬 아낀 것으로 보였다.

곽문진이 마교에서 살아 벗어날 수 있었던 것도 어쩌면 천마지존이 손을 써주었기에 그런 것일 수도 있었다.

"자, 받거라."

"예."

천마지존이 진천의 잔에 술을 따라주었다.

분위기는 따뜻했다. 누가 보더라도 아버지와 아들의 모습이었다.

곽문진의 모습은 천마지존을 많이 빼닮았다. 곽사준이 남처럼 느껴질 정도로 말이다.

"내 술을 받은 이상 너는 만마의 지존이 될 것이다. 그리고 마교의 숙원을 이루어 줄 절대적인 존재가 될 것이다. 그러니 네 행동 하나하나가 마교의 뜻이 될 것임을 명심하거라."

"명심하겠습니다."

"하하하, 좋은 대답이다."

천마지존은 크게 웃었다.

천마지존은 마교의 교주이기 전에 아버지였다. 무림맹주도 그러했다.

진천은 속으로 그들을 비웃었다.

천마지존은 이미 모든 아들을 잃은 상태였다.

천마지존과 진천은 많은 이야기를 나누었다.

진천은 충실히 예의 바른 곽문진을 연기하며 천마지존을 흡족하게 했다.

진천이 날카로운 비수를 숨기고 있다는 사실을 천마지존은 결코 알아차리지 못했다.

진천과 천마지존의 대화는 밤 늦게까지 이어졌다.

천마지존은 그간 아들에게 해주지 못한 것을 만회라도 하듯 진천을 놔주지 않았다.

"내가 너를 부른 까닭은 소교주가 익혀야 할 천마신공을 전수하기 위함이다."

"천마신공……."

"두려워 말거라. 너라면 능히 감당해 낼 수 있을 것이다."

천마지존은 살짝 떨고 있는 진천의 어깨를 두드려 주었다. 그러며 근엄한 표정으로 다시 입을 떼었다.

"천마신공은 모든 마공의 뿌리다. 천마신공으로부터 모든 마공이 뻗어 나왔기 때문에 천마신공을 익힌다면 모든 마공을 익히는 것과 같다. 유일하게 포함되지 않은 묘리는 혈마신공이었다. 그러나 네가 혈마지체를 완성한 이상 너는 천마신공을 대성할 수 있을 것이다."

진천은 혈마신공을 완벽에 가깝게 익혔다. 더 이상 나아갈 경지가 없을 정도로 말이다.

혈마신공이 한계를 보이는 까닭은 단지 천마신공에 포함되어 있던 묘리에 불과했기 때문이었다. 천마신공을 익힌다면 더 나아갈 경지를 보여줄 것이다.

천마지존이 자리에서 일어났다.

"따라오거라."

"예."

진천은 천마지존을 따라 걸었다.

천마지존은 건물에서 나와 거대한 절벽으로 둘러싸여 있는 곳으로 향했다. 좁은 통로를 따라 절벽 안으로 들어서니 연무장이 보였다.

연무장을 중심으로 둘러싸여 있는 절벽에는 무수한 상처가 나 있었다.

마치 하나의 예술작품을 보는 듯한 모습이었다.

진천은 상처들을 보는 순간 천마신공의 연공과정에서 생긴 상처임을 알아차렸다.

절벽은 검강조차 벨 수 없는 만년한철이었다. 그런 만년한철이 두부처럼 갈라져 있는 모습이 제법 신기했다.

천마지존이 내력을 일으켰다. 그러자 막대한 내력이 퍼져나가며 주변을 짓눌렀다.

"잘 보거라."

천마지존이 천마신공을 펼치기 시작했다.

제일 먼저 펼친 것은 천마군림보였다. 마치 잔상과도 같은 형상이 사방에 생겨나며 엄청난 빠르기로 사방을 오갔다.

잔상 하나하나가 강기의 성질을 띠고 있었다. 저것에 부딪혔다가는 온몸이 박살 날 것이다.

"천마군림보는 천마가 이 자리에 강림했다는 증거이다. 누구도 천마의 행보를 막을 수 없다."

진천은 천마지존의 움직임을 눈에 담았다. 그리고 기억했다.

천마지존의 주위로 검은 강기들이 형성되었다. 무형강기를 넘어 심즉살의 묘리가 담겨 있는 강기였다.

천마지존의 움직임에 강기들이 거대한 흐름을 만들어냈다.

콰아앙!

검은 강기가 절벽으로 뻗어나가며 부딪혔다.

만년한철이 터져 나가며 거대한 구멍이 만들어졌다. 가공할 만한 위력이었다.

"가장 기본적인 천마강탄이다. 천마신공의 모든 것은 천마강탄을 익힘으로서 출발한다."

수라역천신공에 비할 바는 아니지만 순리를 따라가는 무공 중에서는 가히 최강이라 불릴 만했다.

천마지존은 자신의 앞에서도 전혀 기죽지 않으며 또렷한 눈빛을 보내고 있는 진천의 태도에 만족스러운 미소를 그렸다.

"구결을 불러줄 테니 암송하거라."

"예."

천마지존이 천마신공의 구결을 불러주기 시작했다.

진천은 천마신공의 구결을 빠짐없이 기억했다.

천마신공의 구결을 떠올리자 잡힐 듯이 닿지 않았던 경지가 눈앞에 다가온 듯 명확히 보였다.

진천은 성심성의를 다해 자신을 가르치려는 천마지존을 차가운 눈으로 바라보았다.

그의 죽음이 천천히 앞당겨지고 있었다.

『역천마신』 6권에 계속…